二宮尊徳に学ぶ成功哲学

富を生む勤勉の精神

幸田露伴
現代語訳＝加賀義

はしがき

幼い子供に対して、心を動かすような怪談や奇談を売りつけるのは、私には我《が》慢《まん》できない。子供の心を卑《いや》しくするようなくだらない話や根拠のない説を売りつけるのもまた、私は望まない。だから私は、私が常に小さな弟や妹に向かって時間があるごとに話してきた、昔の人の伝記の中で、特に中正なものを選んで少年文学の中の一篇《いっぺん》とした。この一篇〔第一章「二宮尊徳《にのみやそんとく》」〕がそれである。

私は『報徳記《ほうとくき》』『二宮尊徳夜話《にのみやそんとくやわ》』『二宮翁略伝《にのみやおうりゃくでん》』『報徳手引草《ほうとくてびきぐさ》』『応報鑑《おうほうかがみ》』『報徳外《ほうとくがい》記《き》』など、二宮尊徳の教えに関する本は、たいてい読破《どくは》しているが、『報徳記』のほかは伝記に関する内容が少ないので、本書を執筆《しっぴつ》するうえで、それほど参考にはしていない。

文章や製本などについて助言いただいた諸君の厚意《こうい》には、つつしんで感謝する。

文章は私も実に苦心した。感覚が鋭敏《えいびん》で、事物に感動しやすい児童に対して、形容の多い言語を用いるのは害があることを思い、かつまた、『報徳記』は、二宮先生に親しく接して感化を受けた人が書いたもので、無駄な言葉や浮《うわ》ついた言葉がなく、むやみに一字でも添削《てんさく》すると、真実が失われるかもしれないことを思い、とうとう心を決めて、なるべく『報徳記』の字句を残し、また、その文章を拠《よ》り所《どころ》とするよう心がけた。ただ、二宮先生の幼少の頃を記《しる》したところは、子供たちに心を落ち着けて一心《いっしん》に読んでほしいところなので、軽い形容の語を書き込んだ。

この一篇を書くにあたって、先生の肖像画《しょうぞうが》を贈ってくれた人があり、書籍を贈ってくれた人があり、誠実な助言をくれた人もある。拙宅《せったく》を訪れて立派な教えを説いてくれた人もいた。皆、常日頃《つねひごろ》、二宮先生を敬《うやま》い慕《した》っておられる人士《じんし》である。ああ、このこともまた、二宮先生の徳を証明していると言えよう。ここに諸士《しょし》に感謝し、同時に、このことを公表する。

幸田露伴

訳者まえがき

おすすめの偉人伝は何かと言われたら、「二宮尊徳の伝記」をあげたい。逆境の中で、コツコツと努力して富を築き、人々を救い、世の中を変えた二宮金次郎（二宮尊徳、一七八七〜一八五六）は、まさに人生のお手本だ。

この二宮尊徳について、名作『五重塔』で知られる明治の文豪・幸田露伴《こうだろはん》（本名・幸田成行《しげゆき》、一八六七〜一九四七）が、伝記を書いていたのをご存じだろうか。

それが、本書第一章「二宮尊徳」の原書である『二宮尊徳翁《おう》』だ。

今は減っているけれど、昔、全国の小学校には二宮金次郎の像があった。実は、「薪《たきぎ》を背負って

幸田露伴

本を読む」、あの金次郎のイメージは、一八九一（明治二四）年に出た、この『二宮尊徳翁』に掲載されている口絵（左ページ）が原型だという。ということは、私たち日本人は幸田露伴を通して二宮尊徳を知るようになったと言っていいだろう。

つまり、本書第一章は、偉大な文豪の手による「二宮尊徳伝の決定版」なのだ。二宮金次郎は厳しい労働の合間に漢文の本を読み続けたのだが、露伴もまた、少年時代に漢文を学んでいる。幼い頃に『孝経《こうきょう》』などの素読《そどく》の訓練を受けたことで、漢文を読みこなすことができた。一〇代の頃にも漢学塾に通い、白話《はくわ》（口語）で書かれた中国文学も読めるようになったという。

露伴は勉強好きな少年だったが、家庭の経済事情は厳しかった。そのため、小学校は卒業できたものの、中学校は途中で退学、その後に入った東京英学校〈青山学院の前身〉も中退しなければならなかった。露伴の学生生活は短く、本人の言葉を借りれば、「むしろ学生生活をせずに過ごしてしまったと言ってもよろし

幸田露伴著『二宮尊徳翁』(1891年、博文館刊「少年文学」第七篇)口絵に描かれた二宮金次郎。

い」という状況だった。漢学塾にさえ、そう長くは通わなかったという。

露伴は世間で言うような「エリートコース」を歩んだ人間ではなかったのだ。中学を中退した後、湯島聖堂の図書館に通い、電信技手として北海道に赴任するまで、足かけ六年間にわたり独学を続けた。その後も、大量の書籍を読んでいき、自分なりの努力で修養を積み、日本の古典や漢文学はもちろん、宗教的教養も身につけた。その知識のストックを背景に小説家として大活躍し、みごと人生を逆転させたのだ。かつて、元慶應義塾大学塾長・小泉信三博士は、露伴を「一〇〇年に一人の頭脳」と評している。ちなみに露伴は、第一回文化勲章の受章者でもある。

こう説明すると、難しい本ばかり書いた人のように思われるかもしれない。だが、ご安心いただきたい。

露伴は二〇歳で尊徳の伝記『報徳記』八巻と出合って感動し、繰り返し読み、人にも勧め、貸してきたという。そして、露伴自身が二宮尊徳の教えをよくよく読み味わったうえで書いたのが『二宮尊徳翁』であり、いわば、人生の後輩たちに向けて愛情を込めて説いた「生き方の教科書」なのだ。

もともと少年少女向けに書かれているから、分かりやすいうえ、今回、平易な現代語に訳したので、小学五年生以上の人にはぜひ読んでいただきたい。小・中学生のうちに本書を読めば、成功の人生が始まっていくだろう。

二宮尊徳のような偉人を理想として、「こういうふうになりたい」という思いを抱くことから、すべては始まる。

三〇代・四〇代の読者は、改めて偉人伝を読むべき時期ではないだろうか。日常の仕事に埋没し、条件反射的に働くだけでなく、少し立ちどまって、自身の理想や目標を確認してみてはどうだろう。ここでもう一度、志を立てたならば、まだまだ大きなことができるに違いない。

六〇代・七〇代、あるいは、それ以降に読んでも、遅すぎることはないと思う。

また、物語として読むだけでなく、物語中で二宮尊徳が説いている教えも、よく学び、自分のものとしていただきたい。そこには、富を蓄え、増やす、至極の知恵が詰まっている。

本書第二章「自助努力で道を切り開け」には、露伴の、あまり世に知られていない随筆や評論をも収録した。二宮尊徳の生き方から学べるポイントを述べたようなものを選び抜いたので、第一章の理解をいっそう深めてくれるだろう。どれも含蓄があり、あなたが幸福をつくり出していくための助言に満ちている。分かりやすいけれど、奥深い本である。繰り返し読んでいただきたい。本書の中から、あなたは何をつかみ取るだろうか。

加賀　義

二宮尊徳に学ぶ成功哲学　目次

第一章　二宮尊徳

①苦闘苦節の少年時代

②野州桜町を再興する

③ 野州烏山を再興する

④ 強欲な富豪を改心させる

⑦ 下館藩と相馬藩を再興する

⑧ 補記――『報徳記』および尊徳翁について

第二章　自助努力で道を切り開け

④ **正直者になれ**

⑤ **幸福を招く秘訣**

⑥幸福を招き、不幸を避ける心を活用せよ

第一章

二宮尊徳

「無駄に起き、無駄に眠り、空《むな》しく食べ、空しく着て、何もしない人」がいる。

そういう人は、動物と変わらない人で、尊敬に値しない。

「勉強して知識を蓄《たくわ》える人」は、やや尊い。

「努力して事業を成した人」は、もう一段尊い。

「志して道を求める人」は、さらに尊い。

「真心があって徳を施す人」は、よりいっそう尊いだろう。

今もなお、数多くの人々から「二宮尊徳先生」と敬意を込めて呼ばれ、神様のように敬われている人がいる。近世の君子とも、豪傑《ごうけつ》とも言うべき人である。

世にもまれな偉人であった二宮先生の生涯には、良い言葉や立派な行いが、書き尽くせないほどにあったはずだ。私は、その概略《がいりゃく》を書き記し、二宮先生のことを若い人々に紹介しよう。もし、この伝記を読んで、二宮先生のことをおぼろげにでも思い浮かべ、その徳行《とっこう》〔道徳にかなった行い〕に学ぶ人が出てきたなら、名誉なことと思う。

① 苦闘苦節の少年時代

父の死と貧困生活

二宮尊徳（金次郎）先生も、生まれながらに君子や豪傑だったわけではなかった。金次郎は天明《てんめい》七年（1787年）七月二三日、相模国栢山村《さがみのくにかやまむら》（神奈川県小田原市栢山）という片田舎に生まれた。

貧しい家だったが、金次郎が五歳（数え年。以下同じ）のとき、酒匂川《さかわがわ》の洪水で家の田畑が一畝《いっせ》（30坪＝99㎡）残らず荒れてしまったので、ますます貧しくなってしまう。そのため、金次郎と弟の三郎左衛門《さぶろうざえもん》と富次郎《とみじろう》とを育てることさえ、父母には簡単なことではなかった。

そのような中で金次郎は次第に成長し、わらじを作って、売るようになった。そのお金でお酒を買って、「一合」といえば量は少ないかもしれないが、心を込めてそのお酒を夜ごとに父に飲ませてあげたのである。だが、金次郎が一四歳のとき、頼りにしていた父が亡くなり、一家はますます貧乏になり、生活が苦しくなった。

母は悲しみをこらえて、こう言った。

「お前と三郎左衛門とは、なんとかして育てることができるでしょう。末の子までは無理です。仕方がないから、富次郎は縁者《えんじゃ》の家に預けましょう」

母は悲しみに耐え、富次郎をよそに預けて帰ってきたのだった。

「さあ、これから頑張って、貧困に負けず、なんとかやっていこう」と思うのだったが、それでもやはり愛情に引かれる母は、夜ごとに富次郎のことを思って眠れない様子だった。

「お母さん、どうして毎晩、穏やかに眠れないのですか」と聞くと、母は「お乳が張るから寝付かれないのよ」と言い、よそを向いて涙を隠した。その心の中を早くも察した金次郎は、目を涙でうるませながら、こう言った。

「どんなに貧しくたって、赤ん坊一人が増えても減っても別に違いはありません。富次郎のことを思って夜もろくに寝られない悲しみを、お母さんに味わわせるよりは、小さい腕だけど、この僕が、明日から山で薪《たきぎ》を取ります。それを売って弟を養うぐらいのことはしますから、早く富次郎を取り返してきてください」

母は喜び、夜がふけていたのも気にせず隣村に行き、わけを話し、かわいい我が子を胸に抱いて帰ってきた。

それからは、狭くて粗末な家ではあったが、何はともあれ、みながそろった。親子四人、顔を見合わせながら楽しく暮らしたのだった。

金次郎は、朝は、まだ夜が明ける前に、霧の立ち込める山に行き、薪を取ったり柴《しば》を刈ったりした。帰りには、それを売ってお金に換《か》え、夜は夜ふけまで縄をない、わらじを作った。少しの時間も惜しんで、身を使い、心を使い、「母のため、弟のため」と、日ごとに励《はげ》んだのである。

また、「人として生まれて、聖賢《せいけん》の道〔偉人の教え〕も知らずに過ごすのは、あまりに残念だ」と思った金次郎は、なんとか手に入れた『大学《だいがく》』〔注1〕を常に離さずふところに入れ、薪を取る山道の行き帰りに、歩きながら読んだのであった。尊い心がけだと言えよう。

〔注1〕「四書五経《ししょごきょう》」の一つ。儒者の自己修養と政治思想を説く。

時間を惜しんで学問する

早くに父を失い、多くの苦労を経験していた金次郎だったが、またもや、わずか一六の歳のときに母までが病にかかった。天地に祈り、病の回復を求めたが、その甲斐《かい》もなく、三人の子を残して母はあの世へ旅立ったのである。田地《でんち》も家財もすでになく、ただ、さびしく残された何もないあばら家で、まだ幼い二人の弟たちを、ひしと抱いて嘆き悲しむばかりの金次郎だった。

これを見かねた親類たちは互いに相談し、次男と末《すえ》っ子の二人を川久保《かわくぼ》という人が引き取り、金次郎一人が万兵衛《まんべえ》という縁者のもとで養われることになった。

だが、万兵衛は物惜しみする性格で、情けも知らない男だった。

昼はずっと働いて、夜はわずかな時間を見つけて学問をする金次郎を、万兵衛は理不尽《りふじん》にも罵倒《ばとう》して、「俺は、お前を養うのにかなりの金を使っているんだ。その分を、お前の非力《ひりき》な働きで補えるはずがない。なのに、そういうことを考えず、自分勝手な夜学のために俺の油を使うとはけしからんやつだ」と叱った。

「ひどいことを言うな」とは思ったが、金次郎は争わなかった。けれども、「一生、読み書きができないのは残念だ。僕が自力《じりき》で学ぶのであれば、いくらなんでも、叱りはしないだろう」と思った金次郎は、川べりの荒れ地に菜種《なたね》を蒔《ま》いた。そうして、やがて七、八升〔約12～14ℓ〕の実りを得たのである。

金次郎は喜び、菜種を灯油《ともしあぶら》に換え、毎夜独りで苦学した。だが、無慈悲な万兵衛は、「学問をするよりも、縄をない、この家の家事なりなんなりを手助けしろ」と、またも強欲なことを言って、怒鳴《どな》ったのであった。

それでも金次郎は逆らわず、手を抜くことなく縄をない、莚《むしろ》を織り、その後で、ひそかに灯火をともし、光が漏れないように衣で隠して、「私には教えてくれる先生はいないけれど、励み学ぶ自分の心が先生なのだ」と思って、鶏が鳴く頃まで毎夜本を読んだ。その辛く苦しいさまを想像すると、涙がこぼれるではないか。

開墾して家を再興する

金次郎は、万兵衛のところにいる間、「家を立て直そう、興《おこ》そう」と思う心を一日も途切らせることなく胸に抱いていた。

そこで、他の人たちが見向きもしない土地を耕した。そこに、他の人が捨てた苗《なえ》を拾って、植えつけた。そして、そこからお米一俵〔約60kg〕余りの収穫を得たのである。金次郎は大いに喜んだ。

「少《しょう》を積《つ》んで多《た》とするのは自然の道なのだ。今はわずか一俵だけど、これを元手に仕事に励めば、我が家を興すこともできるはずだ」と思い、その方法を考え、力を尽くして、たゆまず努力した。すると、また多くの収穫を得たのであった。

ますます喜んだ金次郎は、万兵衛に数年間育ててくれたことを感謝し、独立した。

こうして金次郎は、誰も住まなくなっていた我が家に帰った。柱は傾き、軒は朽《く》ちて腐《くさ》り、つる草だけが勢いよく巻きついている。金次郎は、草を払ったり屋根を修理したりしながら、話し相手もなく一人で住み、必死になって家業に努めたのであった。粗末な着物も質素な食事も厭《いと》わなかった。

そして、次第に余裕ができると、その分を蓄えておき、一枚の紙もわずかなお金も無駄にせず、千辛万苦《せんしんばんく》を耐え忍んだ。

そしてついに、田畑を買い戻し、立派とまではいかないが、完全に家を再興したのである。

金次郎、すなわち二宮尊徳先生がのちに大事業を成し遂げたのも、このときまでの心がけが土台になって成功したのだと言えよう。

②野州桜町《やしゅうさくらまち》を再興する

分度《ぶんど》の法

さて、その頃、小田原藩の家老に服部十郎兵衛《はっとりじゅうろうべえ》という人がいた。

一三〇〇石《こく》（注2）という高い禄高《ろくだか》を受けながら、家計のやり繰りがつかず、一〇〇〇両余りも借金していた。元金はもちろん、利息さえも支払うのが難しく、追い詰められて困り果て、恥ずかしいことだが、「もう家老をやめようか」というところまで貧困に苦しんでいた。

だが、ある人が、「栢山《かやま》村に二宮金次郎という人がいて（注3）、早くに父母と離れ、田畑は他人の物となったが、わずかに作り出した一俵の米から始めて、廃《すた》れた家を立て直した。それだけでなく、心は広く、行いは正しく、慈悲深く、他人を憐《あわ》れむ非凡《ひぼん》の人だ。この人を頼ってお家の立て直しを任せれば、必ず落ちぶれたこの家を簡単に興すことができるだろう」と言った。服部はたいへん喜び、急いで人をつかわして、先生に事情を説明して頼んだのであった。

しかし、先生〔このとき、二五歳〕はこれを聞き入れなかった。

服部はますます感服した。そこで、かしこまって、誠意を尽くし、再三再四、ひたすら頼んだのであった。そのため、とうとう先生は願いを承知した。そして、人に勧められて結婚していた妻に家事を任せ、服部の家に入ったのである。

まず、先生は服部のこれまでの不始末を責め、反省させた。

「あやまちを知ったなら、それを償《つぐな》おうと努めることです。あやまちを償うには、自分に厳しくあることが大事です。自分に厳しくするには、食事を飯《めし》と汁だけにすること、衣服は綿の着物だけにすること、必要ないことで欲望を充《み》たそうとしないこと。この三箇条を守ってください」と言い聞かせた。

次に、服部家の家人たちに、「これから五年間、私の指図《さしず》に従うと誓ってください」と言った。それから服部家にお金を貸している者を呼んで、事情を説明したのであった。

そうして、先生が生涯説き続けた教えの根本である「分度《ぶんど》の法」（注4）を立て、入ってくるお金を計って分限《ぶんげん》〔支出の限度〕の分だけ取り、それで中分《ちゅうぶん》〔中くらい〕の生計を立てるように計らった。そして先生みずから下男の代わりに家事を務めたのである。

（注2）1石=10斗《と》=約150kg（1斗=約15kg）。1300石は約195t。

（注3）実際に金次郎が二宮姓を名乗るようになったのは、小田原藩に登用された36歳以降のことだが、ここでは原文の表記にしたがった。
（注4）収入に応じて支出の限度を定め、その範囲内で生計を営み、残りを蓄えておこうとすること。

余剰金をどう使うべきか

五年間は瞬《また》く間に過ぎた。

一〇〇〇両余りの借金は、影をとどめることなくなくなった。そのうえ、三〇〇両も余ったのである。

先生は、その三〇〇両を服部夫妻に示し、こう言われた。

「今は借金もなくなり、三〇〇両も余りました。このうち一〇〇両は、ご主人の手元に置いて、非常のときの用意になさいませ。また、一〇〇両は奥方様に差し上げて、奥方様もまた、家が衰えないための備えになさいませ。残りの一〇〇両は、どのようにでもお好きに使ってください」

服部はたいへん驚いた。「我が家は、もう没落しようとしていたのに、今、このようになったのは、みなすべてそなたの力だ。三〇〇両を残らず感謝の印に差し上げてもまだ足りないと思っているのだが、二〇〇両をのちのちのためにと我らにくださった。ならば、断われない。せめて、この一〇〇両を納めて、家業の助けにでもしてくれ」と言って、一〇〇両を差し出した。

先生は喜んでそれを納め、「お言葉に従って、この一〇〇両は頂戴《ちょうだい》いたしましょう。これよりのちは、再び生活に困らないよう、一三〇〇石の収入のうち一〇〇〇石を永年《えいねん》の分限と定め、三〇〇石は余りとして備えておいてください。そうすれば、いつまでも窮乏《きゅうぼう》する心配はないでしょう」と教えて席を退いた。

その後、先生は家人たちを呼び集めて、こう言われた。

「みなさんは五年の間、約束を守り、私の指図に従い、辛苦を忍んできました。

そのため、今、お家はこのようになりました。ついては、みなさんの忠義をたたえ、これを分かち与えましょう。これは私が与えるのではありません。ご主人からいただいたものですから、つつしんでお受けください」と、自分がもらった一〇〇両を分かち与えたので、家人たちは驚き、喜んで、深く考えない者たちも、先生の慈悲深く心清い徳に感動したのであった。

とうとう、先生は服部から何も受け取ることなく、ふらりと家に帰られたのである。先生の潔さは、いくら慕ってもし足りないほどだ。

藩主大久保侯の目にとまる

当時の小田原藩の大久保侯（注5）は、賢明な君主であった。

「小田原に、温良恭謙《おんりょうきょうけん》（穏やかで素直で謙虚なこと）の徳を備え、人々の生活を豊かにする才能を持つ二宮金次郎という者がいる」ということを聞いた大久保侯は、先生を引き抜いて重用《ちょうよう》し、安民《あんみん》の道を開こうとされた。しかし、家柄や身分が低い者は、たとえ徳があり才能があっても尊敬されない時代であった。そのため、「まず、人々がとうていできないようなことを二宮に命じ、それを成功させ、その功績によって人々の嫉妬心を抑え、そのうえで引き抜いて重く用いよう」と思い立ったのである。

ここに、大久保侯の分家《ぶんけ》で旗本《はたもと》の宇津《うつ》という家があった。禄高は四〇〇〇石、野州桜町《やしゅうさくらまち》〔栃木県真岡市《もおかし》〕を所有していた。

ここの住民たちは生活態度が極めて悪く、遊び怠ける者ばかりだった。昔は四〇〇〇俵〔約２４０ｔ〕もの年貢を納めていたが、今は八〇〇俵しか納められないほど、田畑は荒れて衰えていた。このため宇津家はたいへん苦労していた。

これを心配した大久保侯は、これまで家来の中から力量のある者を選んでは、少なくない費用をかけて、桜町を再び盛んにしようとしてきたのであった。だが、家来たちはその地に赴くと、奸民《かんみん》〔ずるい者たち〕に欺《あざむ》かれる者あり、取り乱して他国へ走る者あり、罪をつくる者は数人にもなった。そのため、誰一人、この桜町の再興を引き受けようとする者はいなかったのである。

大久保侯は、「この難しい土地を二宮に任せてみよう」と思い、先生に命じて、桜町復興の役目につかせようとした。だが、先生は、「私は農民であり、農具を持って田畑に立つことを知っているだけです。町や村を興し、民の生活を安心させることなど、とうてい力が及びません。殿様のご命令は重いものですが、私自身のことを省みると、お引き受けするわけにはいきません」と答えられたので、使者も仕方なく、そのとおり大久保侯に伝えた。

すると大久保侯はますます礼を厚くし、何度もお命じになったのであった。だが、先生は、ただ一心に自分の仕事に励むだけで、命令をかたく辞退し続けた。しかし、大久保侯も心を込めて命じて、三年にもなったのである。

そこで先生はついに心を決めた。

（注5）大久保忠真《ただざね》。1771頃〔諸説あり〕〜1837年。江戸後期の老中、相模国《さがみのくに》（相州《そうしゅう》）小田原藩主。

故郷を捨てて現地入りする

文政《ぶんせい》四年〔1821年〕、先生が三五歳のとき、まず桜町を視察して、帰ってから大久保侯に、遠慮せず飾らずに申し上げた。

「桜町は、土地は痩《や》せ、民は怠《なま》け者ばかりで、街はたいへん衰えています。とは言っても、人々が軽薄な心を改め、農作を怠《おこた》らなければ、再興の望みがないわけではありません。けれども、その復興の経費は、いくらぐらいかかるか決めにくいものです。殿様は、以前、土地の復興を命じられるたびに、担当者に多くのお金を与えられましたが、そのためにかえって復興は成功しませんでした。だから、これから後は、一金もくださらないようにしてください」

すると、大久保侯は不審に思って眉をひそめ、「お金を与えても復興できないものを、お金を使わず成果を上げる道はあるのか」とお尋ねになった。

「お金をいただくと、庄屋〈村長〉も村民も、お金の奪い合いをするだけで、ますます人の心は悪くなるだけです。荒れ地を開くには、荒れ地の力を用いることです。たとえば、一反《たん》〈約10a、畳600畳分〉の荒れ田を開いて、そこから一石の米ができるとしましょう。そのうちの五斗《と》〈約75kg〉を食用とし、残りの五斗を来年の開拓の手当てにします。

年々、そのようにしていけば、どれだけたくさんの荒れ地を開いたとしても、もうほかからお金を持ってくる必要はありません。我が日本国が始まった頃、国はすべて荒れ地だったはずです。けれども、今では、このように開けています。これも、外国からお金をもらって開いたわけではありません。

宇津家がもともとの四〇〇〇石までいくのは復興後でも難しいですが、二〇〇〇石には、必ずなるはずです」

と、先生は得るところと失うところをはっきりさせて、よどみなく答えられた。これを聞いて大久保侯は喜んだ。「すべてをそちに任せる。努め励んで荒れ地を開き、民を幸せにせよ」とお命じになった。そこでついに先生は大久保侯の命《めい》を受けられたのである。

先生はつくづく思われた。「私は一俵の米を種として、やっとのことで廃れた家を興し、なんとか祖先に恥じない家にできた。今、殿様のお目にとまり、桜町再興の大業を命じられた。殿様の命令を成し遂げようとすれば、我が家のことを考える時間がなくなるのは言うまでもない。せっかく興した家が、またもや衰えていくのは目に見えたことだ。自分の家を大切にすれば、桜町の復興はできない。どうしたらよいのだろう」。

そして先生は、「我が一家を全うしようとして桜町に住む数百の家を捨てるのと、数百の家を全うしようとして我が家を捨てるのとでは比較にならない。よし、私の心は決まった」と思いを固め、祖先の墓にも、妻にも、このことを告げたのである。

そして、家も振り捨て、身命《しんみょう》をなげうって、「なんとしても桜町を復興しよう」と、わずか三歳の一人息子弥太郎《やたろう》を引き連れ、道具も田畑も金に換え、故郷を出て、はるばると下野国《しもつけのくに》芳賀郡《はがのごおり》桜町〔野州桜町のこと〕へ到着したのだった。

みずから手本となって節制生活を送る

先生が住む桜町の陣屋《じんや》〔代官など役人の役宅や詰所〕は、屋根は破れて、壁は崩れ、雑草が軒下にぼうぼうと生い茂り、狐や狸の巣になっており、見るも不快なありさまだった。

だが、先生は少しも嫌がらず、草を刈り、破損したところを修繕して住んだ。

先生は日の出から日の入りまで、いつも休まず村を巡り歩き、善人は誰か、悪人は誰か、農作業を一生懸命やっているか、地の質はどうか、水の便はどうか、田畑の境界はどこか、すべて残らず調べられた。そのため、ついには四〇〇〇石の土地のすべての様子を一つ残らず胸に納め、知らないことは何一つなくなった。

それから先生は、善人を褒《ほ》め、悪人を諭《さと》し、荒れ地を開くことを人々に教えたのである。

先生自身、木綿《もめん》の手織布《ておりぬの》の着物を着て、味噌をなめ、冷《ひ》や飯《めし》を食べ、千辛万苦を気にもせず、「まず自分が人々の手本となろう」と努め励んだのであった。

そもそも先生の開拓の方法は、天地の始まりを手本とし、人間社会が進歩する理《り》〔筋道・道理〕に照らし、まず一反の土地を開いて米一石を得たら、その半分を耕作にあて、残りの半分を来年の開田《かいでん》にあてる、というものである。毎年毎年そのようにしていけば、どんなに広大な荒れ地でも必ず開くはずという筋立てなのである。

だが、桜町の民は、思いのほか悪い人たちで、枯れ木のように頑固な心であった。恵みの露《つゆ》の恩を感じず、無駄に理屈を言い、悪賢く、怠けることだけは知っていた。

先生の行いを学ばないばかりか、かえって正しい人を嫌い、さまざまに先生の事業を妨害したのだった。

ちょうどそのとき、先生の事業を助けるため、小田原藩から出張してきていた役人たちが、先生の深い心を悟らず、桜町の人々と先生の考えが違うのを見て、大久保侯に告げ口をした。けれども、正しい者が負ける道理はない。先生は大久保侯に呼ばれて、本当のことを明らかに述べられたので、事の善悪が明白に知れ渡った。

大久保侯は、告げ口をした者たちを罰しようとされたが、先生はそれを止め、「告げ口ではありません。彼らも忠義を尽くそうとしたのは同じです。ただ、考え違いをしていただけでありましょう」と、気を遣《つか》われた。これを聞いた役人たちは、たいへん驚き、また自分を恥ずかしく思い、先生の心の広さと思いやりに敬服したのであった。

善悪をはっきりさせる

先生は明けても暮れても、ただ一心に「小田原侯の依頼を果たし、桜町を復興しよう」と思うばかりで、他の思いは露ほどもなかった。役夫《えきふ》たちより早く出て、遅く帰宅し、一生懸命に働く者を褒め、怠け者は励まして、少しも監督を誤らず、仕事に努めたのであった。

だが、先生とともに役夫を指揮する役人たちは、もともと心が深くしっかりして思慮が緻密なわけではなかった。あるとき、一人の役夫が汗を流して鍬《くわ》を振るい、必死になって働くのを見て、「先生はきっとお褒めになるだろう」と思っていた。

しかし、先生は、その様子を見て、褒め言葉さえかけてくれない。

それどころか、声を張り上げて、こう言われたのである。

「お前は、私を欺こうとしているな。そのように私の目の前だけで激しく働いて見せるなど、不届き千万だ！　お前が一日中、そのように働けるものかどうか、私がここにいて試しに見てやる」と、その役夫の心の内を見透かして、その不正直さを責められた。そのため、その役夫は驚き、恐れ入ったのであった。

「ほんとにまあ、けしからんやつだ。お前のような不正直者がいると、他の者まででが、うわべだけ取り繕う怠け者となる。人を欺こうとする者を私は許さない！」と、さんざん叱りこらしめられたので、役人一同は、「先生のお考えは、私たちの浅はかな考えとは違う」と感じたのである。

また、年老いた一人の役夫は、一日中、ひたすら木の根だけを掘ることに務め、他の人のように荒れ地を鋤《す》き返そうともしなかった。

それは物井村《ものいむら》〔栃木県真岡市物井〕だったが、開墾が終わり、他の土地から来ていた役夫たちを村に帰すときに、先生はその老いた役夫に一五両の褒美《ほうび》を与えた。

「あなたの数カ月の骨折りを見てきました。他の人は手柄が目立ちやすい土地ばかり選んで鍬を取り、鋤《すき》を動かしていたが、あなたは『自分は年老いて力も足りないから』と謙遜し、休息も取らなかった。そのうえ、働きの出来ばえが目につかない木の根掘りに一生懸命力を尽くしたこと、まことに廉潔《れんけつ》〔欲が少なく清い〕な心がけです。このお金は、天が、あなたの心がけを賞して賜るものと思い、遠慮なくお受け取りなさい」と、にこにことして褒められた。

老夫は涙を流して先生の恵み深さを喜び、人々は、「偽り」と「正直」をはっきり見抜いて、そのうえで、善をたたえ、偽りを戒めるという、先生の心の深さに感動したのだった。

不届き者を改心させる

先生が物井村のある農夫の心を改めさせた話もある。

あるとき、先生の下僕《げぼく》が命《めい》を受けて使いに行く途中、下痢ぎみか何かであったのか、急に便所を探したところ、柱は歪《ゆが》み、筵《むしろ》を壁代わりに垂らしているだけの壊れかかった便所があった。急いで走り込もうとして、倒れそうになったとき、わずかに支えていた竹竿《たけざお》に触れたため、いつ倒れてもいいような便所が、たちまち傾き、倒れたのであった。

その家の主人は、大酒飲みで博打《ばくち》好きの怠け者で、心の善からぬ男だった。男は、この様子を見て大いに怒《いか》り、「不届き千万だ。他人の便所をどうして壊すのだ！」と怒鳴《どな》る。下僕は謝って、「私は二宮の下僕でありまして、どこそこの家に使いに行く途中、かくかくしかじかの次第で」と事情を話すのだが、男はいっこうに許さず、ますます怒って、「二宮の下僕なら、なおさら許せん。ただではおかんぞ！」と、六尺棒を手に取って、打ちかかろうとする。下僕は驚き逃げ帰るが、逃がすものかと追いかける勢いはすさまじく、仲裁する人はいたが、少しも聞き入れずに打とうとした。

事情を聞いた先生は、悠然として歩み出て、ぷんぷんと怒る男に向かって、こう言われた。

「ちょっと触れて倒れるほどの便所ならば、便所だけが脆《もろ》いのではなく、きっと母屋《おもや》も破損しているはずです。便所は、もちろん建て直しましょう。ついでに、母屋も新しく作ってあげます。それならば、私の下僕を恨む必要がないだけでなく、私の下僕が失敗したおかげで、あなたは幸福を得ることになる。私の下僕もまた、あなたにとって恩人ということになるでしょう」

これを聞いて男は、さすがに恥ずかしくなって家に帰った。

先生の言葉は嘘ではなかった。本当に立派な家を作って与えられたので、ならず者の男も驚き、感動して、先生の広い慈愛に心動かされた。自分のことを恥ずかしく思って、酒も博打もやめ、農業に心を尽くす善い民となったのである。これを見聞きした者はみな先生の情け深い広い心に敬服し、ようやく桜町の悪い風習は変わり、善い方向に傾き始めたのであった。

さて、その当時、常陸国《ひたちのくに》真壁郡《まかべのごおり》青木村〔茨城県桜川市青木〕という村も、次第に衰え、どうすることもできなくなっていた。

「二宮先生が桜町に来られて三年ほどで、荒れ果てた三つの村を回復なさった」

と聞き、青木村の地頭《じとう》〔年貢を取り立てる人〕や庄屋などが、村を回復させる先生の方法を熱心に求めてきたのであった。

先生はよく教え、よく導いてその方法を授けられた。そしてついに、青木村も繁栄するようになったのである。

③ 野州烏山《やしゅうからすやま》を再興する

情の厚い僧侶

野州烏山藩《やしゅうからすやま》〔栃木県那須烏山市〕の大久保侯（注6）の領地は、生活が乱れ、民は遊び怠けており、次第に衰えていて、家の数も減り、荒れ地ばかりが増えていた。

そのような困難のときに、大久保侯の菩提寺《ぼだいじ》の天性寺《てんしょうじ》〔栃木県那須烏山市〕に円応《えんおう》という和尚《おしょう》がいた。

勇ましい性格で学問もあり、「仏《ほとけ》の道は、結局、人の苦を抜き、楽を与えることにほかならない」と悟っていた。そのため、単にお経を読んで香をひねるだけでなく、弱い者を憐れむ心が強かった。農家が日に日に衰えていくのを見ていられなくなり、自分が得たお布施を使ってよその土地から流れてきた民も招き、領内の民を諭し勧め、教え励まし、多くの荒れ地を開いて田や畑に変え、国のため、また民のために心を尽くしていたのだった。

だが、天保《てんぽう》七年〔1836年〕に飢饉《ききん》が起こると、農民たちの苦しさは並たいていのものではなくなった。

円応は民の飢えを救おうと奮闘したが、とうてい力が及ばず、せっかく行ってきた事業も水の泡とはかなく消え、百日《ひゃくにち》の功《こう》も一気に廃《すた》れようとするありさまであった。

円応がたいへん嘆き悲しんでいたところ、「二宮金次郎という豪傑がいて、衰廃《すいはい》していた桜町《さくらまち》の再興に着手してから一〇年がたち、非常に回復した」との噂を聞いた。

円応は、烏山藩家老の菅谷《すげのや》に「一緒に二宮先生のもとへ行きましょう」と相談した。菅谷も以前から先生の噂を聞いていて、「噂のとおりなら、二宮先生は現代の偉人に違いない。今、烏山領中では民を養う道さえも立たない。和尚よ、その教えを得たら、知らせてほしい」と言う。

そこで円応は一人で桜町に向かった。

（注6）大久保忠保《ただやす》。1791〜1848年。下野国《しもつけのくに》（野州）烏山藩主。

人にはそれぞれの職分がある

桜町に着くと、円応は先生に面会を申し込んだ。

先生は人を介して、「僧侶には、僧侶の道があるでしょう。私は、ただ廃れた村を興して民を楽にしようとしているだけです。僧侶に会って話をする暇はありません」と断らせた。

だが、円応は動じることなく、答えた。

「私は出家の身ですが、志は、民を憐れみ救おうとするのみです。今、烏山の民は飢えに苦しんでいます。それを見るに忍びないのです。先生の教えを受けて、民を救おうと思っています。先生が会ってくださらないからと言って、手ぶらで帰ることなどできません」

取り次ぎの者は、円応のこの言葉を先生に伝えた。

だが、それでも先生は聞き入れず、「烏山の住民のことは、烏山の殿様がお考えになることです」と、打ち捨てになったのであった。

これを聞いた円応は、陣屋の門前の芝原の上に静かに正座し、「私が進むのも退くのも、烏山の民全員の命がかかっています。先生に会って教えを聞くことができなければ、何にもなりません。私は先生に会うまでは死んでも帰りません。ここを少しも動きません。民の死に先立って飢え死にしてもかまいません」と言う。袈裟衣《けさごろも》が露塵《つゆちり》に汚れ、飢えが次第に迫ってきても、かまわず、ひるまず、一心に民を救うことだけを考えていた。

烏《からす》は巣に帰るが、円応和尚は帰らない。日が暮れ、夜がふけても、石造りの羅《ら》漢《かん》像のように座り込んでいた。

翌日になっても立ち去らない円応を見て驚いた人が、このことを先生に告げた。先生は怒って、「けしからん法師《ほうし》だ。ここに連れてきなさい」と命じられた。すぐに円応は先生の前にやって来た。

先生は声を励まし、堂々とお説きになった。

「あなたは間違っている。人にはそれぞれ職分があるのです。領主には領主の職務があり、臣下《しんか》には臣下の道があり、僧侶には僧侶の道があるはず。領主の務めを僧侶が行い、臣下の道を領主が行っては、国が乱れ、民を楽にすることができない。あなたはよく考えもせず、僧侶の身で君主の道を奪おうとするのですか。荒れ地を興し、民を救うのは、主君の道です。説法や祈禱《きとう》こそ、法師のすべきことでしょう。

あなたの志は間違っていなくても、することを間違えています。民や百姓の飢えを悲しむなら、あなたはなぜ、主君に訴えないのですか。私の家の門前で死ぬよりも、どうしてあなたの寺の中で道に殉《じゅん》じないのですか。あなたがあなたの道を誤り、主君が主君の道を誤るようでは、民は苦しみから逃れることなどできません。すぐに帰って、あなたはあなたの道を行いなさい。さあ、早く行くのです！」

と、天地に響く大声で、理非《りひ》を明白に示されたのである。

気性が激しく正直な円応は、自分の非《ひ》を弁解することなく、頭《こうべ》を垂《た》れ、黙って聞いていたが、感激し、自分のあやまちを詫《わ》びて帰ったのであった。

天保の飢饉に苦しむ人々を救う

円応は帰って、先生が言われたことを菅谷に伝えた。菅谷は感動し、ついに領主に申し上げて、領主から先生宛に書状を出すようお願いした。そして、書状を持ってすぐに桜町に行き、領主の意向を先生に伝え、領主が直々に書いた書状を取り出して、「領内の民を救ってほしい」と、何度も求めたのであった。

先生は、こう答えられた。

「烏山侯〔大久保忠保〕は情けが深く、飢民《きみん》を救うことを求めておられるのですね。けれども、私が関わることではないので、どうしようもありません。しかしながら、烏山侯は、我が主君小田原侯〔大久保忠真〕のご親戚でいらっしゃるわけですから、烏山侯から、我が主君に申し込まれてはいかがですか。私からも申し上げておきます。そのうえで、『烏山の民を救え』と、我が主君からの命令があれば、そのときは、私は力を尽くしましょう。とはいえ、この順序を踏むには日数がかかります。その間の差し迫った状況を救うために、これをお使いなさい」と、二〇〇両のお金を菅谷に与えられたのである。

領内は苦しくなっていて、お金がまったく流通しない飢饉のときだというのに、一度面会しただけで、すぐに二〇〇両を与えられたのだ。菅谷はあっけにとられて、夢心地のまま帰ったのであった。

この天保七年という年は、のちに「天保の飢饉」と言われる年で、どの藩でも米は実らず、人々はたいへん苦しんでいた。草の根を食い、木の皮を食う人もいた。そのため、飢えて道に倒れる者も出たほど、ひどい状態だった。烏山領内の民も飢えに苦しみ、ついに一揆《いっき》を起こして町のお金持ちを脅《おびや》かすなど、極めて不穏《ふおん》な情勢だった。これを聞いた城中の家来たちは、「もしも彼らが城内に乱入することなどがあれば、大砲で打ち払うこともやむを得ない」などと話し合うほどの騒ぎであった。

小田原侯は、「烏山は親族であるから、救う道があれば救え」と二宮先生に命じられたため、先生はすぐに二〇〇〇余両の米や粟《あわ》を桜町から送られた。烏山への道に、人馬が次々と続いて絶えない様子を見て、驚かない人はなかった。

こうして、天性寺の境内に一一棟の小屋を建て、領内の飢えた民に粥《かゆ》を炊《た》いて与えられた。数千の人々は、渇き枯れた喉を恵みの露で癒やして生命を救われ、騒動もやんだ。円応和尚も大いに喜び、昼も夜も夢中で救援活動に心を尽くした。

このときから烏山では君主も家来もともに、深く二宮先生を敬《うやま》い、烏山侯はもちろん、家老から小役人に至るまで一致して「なにとぞ烏山藩の厳しい状況を救って、いつまでも安泰にしてください」と、ひたむきにお願いしたのである。

そこで先生は、節倹《せっけん》と勤勉の道を説き、再興の方法を授けられた。

はたして、それから一、二年で荒れ地を開いた土地は二二四町〔約224万㎡〕

になり、収穫は二〇〇〇俵〔約120t〕にも及んだのである。これらはすべて、先生の情け深い心と誠実な真心によって、烏山藩の君主から臣下までみなが感化されたことの成果なのである。

円応は先生の徳を深く仰ぎ、行いに従い、「先生の方法のほかに、民を楽にする道はない」と信じて、萱谷と協力し、ひたすら心を尽くしたのであった。

途絶えた再興の道

あるとき、円応は川に入って網を張り、鮎《あゆ》を獲《と》っていた。それを見た人々は、「殺生《せっしょう》は仏《ほとけ》が戒められたことなのに、僧侶の身で魚を獲るなど、あってはならないことだ」と非難した。

しかし、円応は少しも恥じることなく、「私は、民を救ってくださった先生に、この鮎を供養したいだけなのだ」と言って、獲った鮎を下僕に担わせ、みずから桜町に行くのであった。道行く者たちはこれを見て、「奇怪な和尚だ」と罵《ののし》る者もいたが、円応はいっこうに気にすることなく、先生のところへ着いて鮎を進呈したところ、先生は喜んでお食べになった。

円応は一、二日桜町にいたが、沈黙したまま考え込んでいる様子だった。が、急に別れを告げて帰ろうとした。

先生は、「和尚、あなたは無駄にここまで来たわけではないでしょう。何一つ聞くこともなく帰るのはどういうことですか」と問われた。

円応は、かしこまって答えた。「ここに来たとき、初めは、私が考えていることが正しいかどうかを伺おうと思っていました。しかし、先生のおそばに二日いましたら、すっかり分かりました。今はとりたててお尋ねして先生を煩《わずら》わす必要はありません。烏山をどうするかは、すでに決めました」と言って帰っていった。先生は感嘆され、「あの僧のような人は、またとない人です」とお褒めになったのであった。

円応は烏山に帰ってから、しばしば鮎を獲り、残らず売っては金に換え、民を楽にするための仕法《しほう》〔尊徳が考えた農村や財政を立て直す方法〕の費用にあてたという。

その後、円応は菅谷とともに、先生の教えを広げようとして〔烏山藩の〕相州《そうしゅう》厚木《あつぎ》領〔神奈川県厚木市ほか〕にも行ったのだが、ここで二人とも流行病《はやりやまい》にかかって帰ってきた。菅谷は助かったが、円応は、はかなく世を去った。先生はこれを聞いて円応の死を深く悲しみ、「烏山がせっかく回復に向かっているのに、菅谷一人となっては、この先どうなるだろう」と嘆き悲しまれた。はたしてその後、菅谷は讒言《ざんげん》する者によって地位を追われてしまった。

徳のない者に道を守ることはできない。烏山藩は先生の良法をやめてしまい、借金をつくることになってしまった。人々の活力は衰え、税収も減少した。

だが、年を経て烏山侯は後悔し、先生の言葉に従って菅谷を呼び戻し、再び回復を図られた。けれども、菅谷は弘化《こうか》〔1844〜1848年〕の頃に病没したため、ついに烏山再興の道は絶えた。まことに残念なことである。

④ 強欲な富豪を改心させる

ケチな心が強いお金持ち

東海道大磯宿《おおいそじゅく》〔神奈川県中郡《なかぐん》大磯町〕に、川崎屋孫右衛門《まごえもん》という者がいた。穀物の売買を営み、人々から富豪と言われるほどの身であったが、ひたすら利益を得ることだけを考え、ひどくケチで、貧しい人を憐れむ心など少しもなかった。そのため、「世間不通用《せけんふつうよう》」ということで「仙台通宝《せんだいつうほう》」（注7）というあだ名までつけられていた。

天保《てんぽう》の飢饉が起きた天保七年は、どこも不作で、大磯でも貧しい者たちは飢えて死にそうなくらい苦しんでいたが、孫右衛門は、お金や米を投じて人々を救おうとはしなかった。世間の富豪たちがそれぞれに応じただけの財を出して人々に施し救うのを見て、内心は一粒一銭《いちりゅういっせん》たりとも出したくなかったが、仕方なく江戸に出て、米麦の値段などを聞き合わせ、「自分は値を安くして売ろうか、あるいは施そうか」などと思案に暮れていた。

その頃、大磯の貧民たちは生きる道がないまま、救いを求めて孫右衛門の留守宅に押し寄せた。そして「施しをせよ」と番頭に迫った。

番頭は、「主人は今、こういう事情で江戸に行っており、不在だからしばらく待ってください」と説明したが、飢えに苦しむ者たちの心は荒《すさ》んでいた。三度、四度と同じ答えを聞くと怒り出し、「ふだんからケチで義理を知らない孫右衛門のやつ。江戸に行ったというのも、自分の利益を得るためだろう。強欲《ごうよく》の報いを思い知らせてやる」と、一人が言うと一〇人が応じ、一〇人が唱えると一〇〇人が唱和するという具合に、日頃から川崎屋を不快に思っていた者たち数百人が一緒になって、各自が鋤《すき》や鍬《くわ》、鳶口《とびぐち》〔柄《え》の先に鉄製の鉤《かぎ》を付けた道具〕を持ち、一斉に乱入した。

彼らは、数々の恨みごとを叫びながら、壁を崩し、柱を引き倒し、金銀家財をまき散らし、存分に無法《むほう》を働いて、勝《かち》どきをあげて去っていった。

孫右衛門の妻子も番頭も、抵抗するどころではなく、やっとのことで逃れて、恐れ悲しむばかりであった。

孫右衛門が何も知らずに帰ってくると、我が家が壊され、めちゃくちゃにされているのを見て、最初はあきれていたが、とうとう怒って、「憎たらしいことをする連中だ。仕返しをしてやる」と恨んだ。

だが、このことが早くも役人に聞こえていた。役人は川崎屋に押しかけた者たちを説得し、戒めた。そして、孫右衛門を捕らえて牢《ろう》に入れたのである。

「お前は富豪の身でありながらケチな心が強く、少しの慈悲もないために住民の怒《いか》りを招き、こんな騒動を起こさせたのだ」とさんざんに責めた。孫右衛門は、ますます悔しく思い、いろいろと事情を述べ、「自分は悪くない」と言うのだが、やすやすと許されず、そのまま牢内に置かれたのであった。

不幸は続くもので、風の激しいとき、近くで火事が起こり、無残《むざん》にも孫右衛門の家は壊されたうえに、さらに焼けてしまったので、妻の嘆きようは並たいていではなかった。「家は壊され、夫は牢に入れられ、残った物が火事に遭《あ》うとはどういうことか」と、まだ幼い二人の子を抱いては悲しみ嘆くのを番頭夫婦も慰めかねていたが、妻は、とうとう病にかかり、日増しに病状が重くなって回復せず、枕元でしゃくり上げて泣く二人の子供を後に遺《のこ》して、世を恨みながら亡くなった。

牢の中でこれを聞いた孫右衛門は、怒りがますますこみ上げ、「俺はすぐにこの牢屋を出て、恨み重なるやつらに復讐してやる。妻が死んだのは誰のせいか」と、涙を流して狂い悶《もだ》えたので、役人は孫右衛門を許すことなく、入獄の期間は三年にも及んだのである。

（注7）仙台藩が鋳造した地方貨幣で、粗悪なため他藩に通用しなかった。

瓜《うり》を植えても茄子《なす》はできない

さて、孫右衛門の妹の夫で、宗兵衛《そうべえ》という者がいた。以前から先生の教えを聞いていたが、川崎屋の不幸があまりにも重なるので、なんとかして救おうとするが、方法がなく、ついに桜町《さくらまち》まで来て詳しく事情を述べ、「なにとぞ孫右衛門をお救いください」と嘆き、願ったのだった。

先生はつくづく嘆いて、こう言われた。

「瓜《うり》を植えて茄子《なす》がなることはない。それほどの災いには、その原因となる種子《たね》があるものだ。思うに、孫右衛門の家に来る災いの根元には必ず深いものがあって、人力の及ばないほど免《まぬが》れられない因縁《いんねん》があるのだろう。彼の苦を救い、災いを転じることは、なかなか知恵や道理が及ぶところではない」と、しばらくは黙っておられたが、宗兵衛はなおも悲しみ嘆き、何度も先生に教えを願い、「一身の全力を尽くしても孫右衛門を救おうと思っています」と述べた。

先生は、その心を憐れみ、こうお説きになった。

「孫右衛門の心が改まらない以上は、災いを抜くことはできない。そもそも、災いは不善《ふぜん》〔よくないこと〕の報いである。だから、彼を救おうとするなら、まず根本にある心の持ち方から改めさせねばならない。

今、ここに一つだけ道がある。あなたの妻である孫右衛門の妹によく言い聞かせなさい。『生家の廃亡が迫っている。お前がこれを救おうと思うなら、牢中の兄の苦しみをつくづくと思いやり、悲しみをともにし、愁《うれ》いを分かち合う覚悟を持って、粗末なものを食べ、ぼろい着物を着、生家から持ってきた衣類や器物をすべて売り払ってお金に換え、生家の回復を一心に祈り願いなさい』と。

これをあなたの妻が成し得たならば、それが孫右衛門の迷いを解き、心を改める始めとなって、天の恵みも降り、災いもそこから次第に消えていくことだろう。一粒の種子も、蒔いて時を経れば大きく多くなるものだ。わずかでも、誠の心がひとたび発憤するときは、天にも通じるはずである」

宗兵衛は厚く感謝し、喜んで家に帰り、妻に詳しく話すと、妻も真実の道理に感動し、それからは、ぼろい着物を着て粗末なものを食べ、兄の悲しみを分かち、生家から持ってきた物をすべて売ってお金にし、生家を元通りにするための一助としたのだった。

さらに、宗兵衛の兄芳助《よしすけ》が牢獄に行って、孫右衛門に先生の説かれたことや、妹の行いなどをひそかに告げたので、さすがの孫右衛門も自然に反省の心が生じ、不覚《ふかく》の涙で、いつの間にか我欲《がよく》の穢《けが》れも洗い去られたのである。そのときから、自分の罪を悟り、他人を恨む思いも薄らぎ、朝夕、「私が悪かったのだ」と殊勝な独り言まで言うようになったので、役人も孫右衛門の罪を許したのだった。

富豪の卑《いや》しい心を見抜く

孫右衛門が許されて家に帰ると、母を失って泣き悲しむ二人の子と、嘆息しながらその後のありさまを告げる番頭夫婦、見るもの聞くものすべて悲しく、「これは誰のせいだ、あいつらのせいだ」と思うと、無念でやるかたなく、いったんは自分の悪を悟ったが、またもや人を恨む思いが強くなってきた。

そこで、浦賀《うらが》（神奈川県横須賀市）にいる死んだ妻の親とその親戚を訪ね、三人で「恨みをはらし、家を興そう」と考えたのである。宗兵衛は「あきれた心の人たちだ」と嘆き悲しみ、「どうか孫右衛門が邪悪な道に堕落しないように」と思い、一計を案じた。

「二宮先生という方がいます。かくかくしかじかの行いをなさった人物で、智慧《ちえ》があって慈悲深い立派な方ですから、事情を打ち明け、一心に願い訴えれば、再興の資金として一〇〇〇両ほどは無利息でも貸してくださるでしょう」と言ったのである。

孫右衛門も浦賀の二人も、自分の卑《いや》しい心に比べて、そのような大人物がいることを信じられず、疑うばかりであったが、その年、小田原侯の命《めい》で、先生は桜町から相州足柄上郡竹松村《そうしゅうあしがらかみのごおりたけまつ》〔神奈川県南足柄市竹松〕に来て、貧しい村の再興に携わっておられた。そこは大磯からわずか一〇里《り》〔約39㎞〕ばかりのところだったため、「どうせだめだろうが、試しに」と、孫右衛門ら四人は先生のおられる竹松村の庄屋の家にやって来たのだった。

日も暮れる頃に四人は竹松村に到着し、庄屋の幸内《こうない》という者に面会した。

「一家を回復する良法を求めてわざわざ来たのです」などと言っているのを、浴室で聞いていた先生は、「あの孫右衛門という男、やすやすと道に入るはずもない。今やって来たのは、どうせ私に何かを求めてのことだろう」と思って、すぐに浴室から抜け出した。そして、真夜中頃、二里〔約7・8㎞〕余りも離れた新田《にった》村の小八《こはち》という者の家に着いて、とうとう一泊されたのであった。

そうとも知らない幸内は、あまりにも先生の入浴が長いので、おかしいと思って浴室に来て見ると、影も形もない。これはどうしたことかとみな驚き、近辺を捜し求めたが、先生の所在が分からなかったため、空しく動揺するばかりであった。

幸内は、「きっと、先生は孫右衛門がやって来たのをお察しになって、他村に行かれたのだろう」と言う。これを聞いて孫右衛門ら四人は愕然として大いに恥じた。「私らは、本当は先生を試そうとして、うわべをつくろって来たのだが、早くも偽りだと見抜かれて去られたか。ああ、恐ろしい」とため息をついて、先生の行いなどを幸内に問い尋ねると、自分たちの卑しい心に比べて雲泥《うんでい》の差があることを知り、ますます恥じて懺悔《さんげ》の気持ちが出てきたのであった。

不徳で富んだ財は災いをもたらす

夜が明けると、幸内は人を四方に走らせ、ようやく、先生が小八の家におられることが分かった。

そして、四人とともに小八のもとに行き、帰ってくださるよう、しきりに願った。だが、先生はなかなかお許しにならず、そのまま数日留まられた。そこで幸内は仕方なく、小八にも事情を打ち明け、ともに孫右衛門のことを助けてほしいと先生に嘆願した。だが、先生はすぐには許さず、さらに数日を経て、その願いが切実なことだとお察しになって「仕方がない」ということで四人を呼び入れたのであった。

先生は、「あなたがたは、私の事業を妨げてはならない。私は小田原侯の命でしなければならない事業を持っている。あなたがたの願いなど、知るところではない！」と、大鐘を撞《つ》くような声で言い放ったので、四人は畏《おそ》れて声も出せなかった。

やがて宗兵衛がにじり出て、平身低頭《へいしんていとう》して、「どうか孫右衛門一家が回復する道をお教えください」と、何度もお願いした。

そこで先生は、声を大きくして、「孫右衛門は自分の罪を知らず、他人を恨む色がある。その妹は、私の一言を聞き、兄のために艱難《かんなん》に耐えたのに、本人は一婦人にも及ばないではないか。わがままを通し、他人の力を借りて、恨みに恨みを報いようとするとは言語道断。私は身《み》を労《ろう》して諸人《しょじん》のために荒れた土地を開き、窮乏を救おうとしているが、あなたは自分の非を立派に見せかけて、他人を苦しめようとしている。私とあなたとでは、行く道が相反しているのだから、あなたは、すぐに帰って、あなたの滅亡の道を行くがよい。どうして私の道を妨げる必要があろうか！」とおっしゃった。

孫右衛門は汗を流し、涙を流した。そして宗兵衛とともに先生の慈悲を乞《こ》い、教えを乞うたのだった。

そこで先生は、ようやく表情を和らげて言われた。

「物事には、すべて免れることのできない道理がある。あなたの家は不徳《ふとく》でありながら富んだために、あのような報いを得たのだ。あなたの愚かなところは、罪を他人に負わせて自分は反省しないところだ。自分で瓜を植えておいて、瓜が実ったら、怒るようなものだろう。一家回復の道を私に求めるが、その道はあなたの心にあってほかにはないのだ。もし、あなたが自分の非を知り、天道《てんどう》を敬い、自身を厳しい場所に置き、他人に安楽を分かち与えようとするならば、そのときは自然に一家も再興するだろう」

そのように先生が教え諭されたので、孫右衛門たちは大いに喜び、「教えに従います」と切に願ったのであった。

先生が「孫右衛門の家は破れ、余財《よざい》も焼亡したとはいえ、長年の富商であるから、残ったものもなくはないはず。それを集めれば、どれほどの値になるか」と問うと、「さて、すべて集めれば、なお五〇〇両はあるだろうと思います」と答えた。

先生は、「よろしい。その五〇〇両を家に置くと、なお災いの種が残ることになる。すみやかにこれを除去しなさい。余財はあなたの家には毒である。そもそも、あなたの家に大災が起きたのもみな、その財のせいなのだから。もし、その余財を取り去ることができなければ、また災いがやって来て、必ずあなたの家は滅びるだろう」とお説きになった。

道理は明らかだが、欲に目がくらんだ孫右衛門たちは五〇〇両でも不足に思い、さらに「無利息の金を先生から借りよう」などという野心があったところへ、「余財までも去れ」との言葉に心の中では非常に惑い、黙ったまま答えなかった。

さらに先生は説かれた。

「私の教えることは君子の道であって、小人《しょうじん》が嫌がることだ。『余財を去れ』といっても、海や川に捨てよというのではない。自身の愚かさをみずから責めて、五〇〇両を地域の貧苦を救うために差し出し、『どうか、この金を何にでもお使いください』と言うなら、あなたの災いの根は抜けるはずだ。

ところで、あなたは以前から、船で江戸と行き来し、運賃を取っているとのこと。ならば、それで命をつなぎ、欲を抑えて身を屈《くっ》し、艱難困苦《こんく》を受け入れなさい。そこに、あなたの幸福の芽は生じるだろう。もし、一切のことを私の言うとおりにして、それでも人々があなたを憎み、あなたの家がますます危うくなるようなら、私はすぐに五〇〇両を与えよう。決して心配することはない」

四人は夢から覚めたように驚き、悟って、「おっしゃるとおりにいたします」と言って、大磯に帰ったのであった。

尊徳の感化力

だが、先生の前にいたときは卑しい心が起こらなかったものの、家に帰って考えてみると、今さら五〇〇両を捨てることが惜しいように思われた。さすがに決断しかねたので、浦賀の二人は、「ひとまず家に帰って他の縁者とも相談したうえで決めよう」ということになった。そして、浦賀を目指して帰る途中、鎌倉で日が暮れ、雨が激しくなったため、やむを得ず、帰依していた某寺に入った。

寺の和尚は淡海《たんかい》といい、優れた人物であった。

二人が日暮れにやって来たのを見た和尚は、「なぜ、今頃ここへ来たのか」と問うた。

二人は、「かくかくしかじかの事情で、家に帰るところです」と答えた。

和尚は感嘆して威儀《いぎ》を正し、「二宮先生の言葉は至極《しごく》もっともである。それなのにお前たちは、善を聞いて進むことができず、卑しい狐疑《こぎ》〔疑いためらうこと〕の心を抱き、『家に帰って相談しよう』とは何たることか！ すぐに決断して実行せよ。今晩の一宿は、お前たちのためを思って、わしはお断りする。早く善に進みなさい。何の暇《ひま》があってお前たちは雨を嫌がり、夜を避けようとするのか！」と、激しく教え諭した。

二人は、ますます驚き畏れ、家に帰って親戚にも告げ、再び大磯に行って孫右衛門にも和尚の言葉を告げ、とうとう残ったものを一つ残らず売り払って、大磯宿の長たる者に五〇〇両を預けたのである。

こうなると人々も、かえって恥じ、悔《く》いたのだった。

ここから、積年の恨みが互いに解けていった。大磯の人々も、孫右衛門を今までのようには思わなくなった。

孫右衛門も大いに喜び、節倹《せっけん》を守り、困苦を恐れず、道理に外れた利益を貪《むさぼ》らずに商売をして、また貯蓄も相応《そうおう》にできた。

その後、代官から「大磯宿の振興策があれば、各自、封書で申し出よ」とのお達しがあったとき、孫右衛門は、先生の指示に従って多くの財を出したので、一度は牢屋にも入った人間が、ついに顕彰《けんしょう》までされたとのことである。

これは、すべて先生のおかげと言えよう。「君子の徳は蘭《らん》のようなもの。接する者の衣袂《いべい》〔袖のこと〕を自然に香《かぐわ》しくさせる」とは、先生のような人のことを言うのであろう。

⑤谷田部《やたべ》藩を再興する

借金苦の藩医《はんい》

細川侯（注8）の藩医《はんい》で、中村玄順《げんじゅん》という者がいた。

小利口で弁才《べんさい》はあったが、仕事は拙《つたな》く、経済の道に暗く、相応の給与を受けていながら、だんだん借金が積み重なって、とうとう二五両余りになり、どうしようもなくなっていたところ、「二宮先生という人がいて、常に無利息で金を貸し、人の艱難《かんなん》を救っている」ということを聞いたのであった。その頃、江戸西久保《にしのくぼ》（東京都港区虎ノ門《とらのもん》）にある宇津家の邸《やしき》に先生がおられたのを幸いに、ただちに西久保に来て、横山という者に頼って面会を申し込んだ。

先生はお会いにならなかった。しかし、玄順が何度も来るので、仕方なく横山のためにお会いになったのである。玄順は大いに喜び、「二五両をお借りしたい」と言い出した。

先生は真面目な顔をして、「臣下《しんか》の道は、ひたすら己の身を捧げ、心を砕いて、主君のために尽くすことのみです。主君の家のことは口にも出さないで、自身の安心を求めようとして私を煩わせるとは、あきれたことです。あなたが求めた金額は、わずかに二五両にすぎませんが、あなたの志は私の心に反しています。だから、乞われても応じることはできません。もう来ないでください」と言われたのであった。

玄順は返答もできなかった。しばらくしてみずから謝し、「先生の言葉によって私のあやまちを知りました。以後もなにとぞ惜《お》しみなく教導くださいますようお願いします」と言って立ち、帰っていった。

玄順の主君細川侯は、すでに六〇歳を超えておられたが、子がなく、有馬《ありま》侯の次子《じし》辰十郎《たつじゅうろう》（注9）という人を養子とされていた。

この養君は英才があり、国家の衰退や人民の苦しみをご心配になり、あるとき、玄順に向かって、こうお命じになった。

「余《よ》は有馬の家で成長して、困難がどのようなものであるかを知らなかったが、この家に来ると、負債は山のようにあり、領民は貧しく、上下ともに苦しんでいることを知った。そちに、この現状を救う方法について、もし思いつくことがあれば、申してみよ」

玄順は平伏《へいふく》して申し上げた。「衰えた者を上げ、貧しい者を盛んにするということは、非凡な人物でなければできないことでございます。我らのような愚人《ぐじん》にはとうてい及ばないことでございますが、ここに一人の俊傑《しゅんけつ》〔優れた人物〕がございます。二宮金次郎と申します。この人をお用いになれば、あるいは十分な成果が得られましょう。元は小田原の近在から出た人で、徳があり智があって、物事をよく成し遂げ、周囲を感化しています。小田原侯がこの二宮を取り立てて用いて桜町《さくらまち》の開拓をお託しになられたのでございますが、数年で業績は完遂いたしました。私の考えでは、この人をお用いになるのが最上でございましょう」

辰十郎君《ぎみ》は大いにお喜びになり、ただちに玄順を先生のもとに派遣された。

（注8）細川興徳《おきのり》。1759～1837年。常陸国《ひたちのくに》（常州《じょうしゅう》）谷田部《やたべ》藩主。
（注9）細川興建《おきたつ》。1798～1856年。常陸国（常州）谷田部藩主。

一〇年間の年貢の出入を調べる

だが、先生はこのとき、すでに桜町にお帰りになった後だった。玄順は空しく帰って、このことを報告したところ、細川侯もまた辰十郎君から聞き及んで、二宮のことを頼もしく思われていた。そのため、「ひそかに野州《やしゅう》まで行って、なんとしても二宮の教えを受けてきなさい」との命令であった。そこで玄順は延《のべ》の地蔵

〔栃木県芳賀《はが》郡芳賀町〕に行く風を装《よそお》って、君命を持って桜町に向かったのである。

桜町に着いた玄順は、先生にお会いし、細川家が疲弊《ひへい》していること、領内の困苦のこと、養君および老侯が情け深いお方であること、また家来たちが先生の再興の事業に異議を差し挟《はさ》む恐れがあること、君家の借金がすでに一〇万両余りあることなどを、一つひとつつぶさに語った。そして、「つつしんで先生の教えを乞いたいのです」と切に願ったのであった。

そこで先生は、「主君たる者の覚悟」「家臣としての心得」「費用を節すべきこと」「民を生き生きとさせるべきこと」「分度《ぶんど》の大法《たいほう》」などを説き聞かせられた。

さらに、「一〇年分の年貢の古帳《ふるちょう》を持ってきてください。私が、経済の道を明らかにし、再興の計画を立てて差し上げましょう」と言われたので、玄順は大いに喜び、帰って報告した。そこで、玄順は君命によって、豊作・凶作の一〇年分の年貢の帳簿を持って再び桜町に赴いたのであった。

玄順がやって来ると、先生は筆算者《ひっさんしゃ》を集め、夜を日に継《つ》いでこれまでの年貢の状況を調べた。豊年《ほうねん》と凶年《きょうねん》の平均を算出し、その中ほどを取って出入《しゅつにゅう》の度《ど》を定め、盛衰《せいすい》の理《り》を述べ、余財をつくる方法を示した。そして、民を安心させ、弊害の根源を除く策を立て、数十日で数巻の書を作成し、玄順に与えられたのである。

玄順は、これを持ち帰り、君侯《くんこう》に先生の言葉を一つひとつお伝えした。細川侯、辰十郎君の両君は、この書を熟読し、ますます感嘆《かんたん》し、先生を敬い仰いだ。国を富ませ、民が安らかに暮らせる方策を、先生に託されたのである。

けれども、先生は義《ぎ》をかたく守り、「私は、大久保侯のご命令でなければ動くことはありません」と辞退された。

そのため、細川侯はついに大久保侯に問い合わせられ、再興のことをますます切に要請したのであった。そこで先生は、数年間先生に付き従って修行してきた大島という人を、数十人の働き手とともに常陸国谷田部〔茨城県つくば市〕と、下野国茂木《しもつけのくにもてぎ》〔栃木県芳賀郡茂木町〕の両所に派遣し、徳行《とくぎょう》を広め、農業を勧め、盛んに再興の道を実行した。人々は大いに喜び、元気が湧き出て、分度の分以外に一五〇〇俵の穀物を生産し、数万両の負債を返済することができたとのことである。

⑥ 小田原の民を飢饉から救う

殿様から下賜《かし》された礼服を断る

天保《てんぽう》七年の飢饉の際は、駿河《するが》・伊豆〔いずれも静岡県〕・相模《さがみ》にある小田原藩の民も、激しく困窮した。草の根を掘って食べ、樹皮を噛《か》むほどであった。

小田原藩の大久保侯は家臣を派遣し、先生を野州《やしゅう》から呼び出そうとなされた。

だが、先生は承知されなかった。

「今、凶作で飢饉のときにあたり、この地の民を救うために余裕のない私をお呼び出しになるとは、どういうことですか。お尋ねになることがあるなら、君みずからおいでください」と答えられたため、使者は怒って、この旨を報告した。

大久保侯は、「余が間違っていた。詳しい事情も告げないで呼び出そうとしたため、そのように答えたのはもっともである。そちは再び二宮のところに行って、加賀守《かがのかみ》〔大久保侯のこと〕は誤っていたと伝えよ。そして、小田原領民は飢渇しておる。だから、早く来て、飢民《きみん》を救い、余の心労を除くように頼むと伝えてほしい」と仰せになったので、使者は再び桜町《さくらまち》に行って詳しい事情を伝えた。

すると、今度は大久保侯の命《めい》を承り、「この地の救済処置が終わり次第、出かけましょう」と先生はお答えになったので、使者は喜んで帰ったのだった。

これを聞いた大久保侯は大いに喜んで、家臣を呼び寄せ、「二宮の功績はすでに明白である。これを賞する道がなくてはならない。若干の禄《ろく》を与え、用人《ようにん》〔大名・旗本の家臣で家政を司る〕格に取り立てよ」とお命じになった。

野州桜町での処置を終えた先生は、ただちに出発されたが、ちょうどそのとき、君侯は病を発して、家臣たちは憂えていたが、君侯は二宮が来たと聞いて大いにお喜びになり、「まずこれを賞せよ」と命じられた。いよいよ賞与《しょうよ》をくださろうとする前日に先生は麻裃《あさかみしも》を賜ったのであった。

普通の者であれば「恩賜《おんし》の礼服」と言って喜んで受けるものだが、先生はこれをご覧になるやいなや、顔色を変えて、こう言われた。

「これは私には不用のものです。つつしんで返上いたします。今、数万の国民が飢えに苦しんでいます。はるかに野州から私を呼び出して、民を救うことを命ぜられたため、取るものも取りあえず出てきたのです。私が来たら、『どうやって民を救おうか』とすぐにお尋ねになり、穀物をくださるのではないかと思っておりました。それなのに、こんなものを賜ろうとは思いもしませんでした。この礼服を切り刻んで、飢えた民に与えても何の役に立つでしょうか。こんな無駄なものをいただくとは、思いもよらないことです」

大久保侯はこれを聞いて、「余が間違っていた。その服を二宮に与えるのはやめよ」と言われたのであった。大久保侯も賢君《けんくん》だと言えよう。

また、役所が先生を招いたので、「ああ、私は一刻も早く小田原に行こうとしているのに、私を役所に呼ぶというのは、私に禄位《ろくい》を与えようとしているのではないでしょうか。禄位を私一人が受けたからといって、民に何の利益があるのですか。与えるというなら、一〇〇〇石《ごく》を与えてください。すぐに飢民に分かち与えましょう」と、恐れることなく、先生は極めてまっとうな論を吐かれた。

大久保侯はまたこれをお聞きになり、「二宮の言うことは、いちいちもっともである。禄位を与えてはならない。今、余の手元の金一〇〇〇両を与えよう。領民を助けるための穀物は小田原藩の蔵を開け。ほかに金も与えよ」と言われたため、先生はすぐに小田原に行かれたのであった。

保身に走る家臣たちを一喝する

病気の大久保侯は、「二宮が飢民救助のために小田原へ行った」と聞いて、「金次郎は余の言葉を承知したか。病中の安心、これに勝るものはない」と喜ばれた。だが、それからは日々に病が重くなっていった。

侯自身も、回復の見込みのないことを悟り、辻、吉野、鵜沢《うざわ》、三幣《さんぺい》という家来を枕元に呼び寄せた。「長年、二宮を登用しようとして果たせなかった。治国安民《ちこくあんみん》の任務を彼に託すことができないまま、余の命はここに尽きようとしている。けれども、そちたちは余の志を継ぎ、心を合わせて余の孫を補佐し、二宮を登用し、国家を安泰にせよ」と、繰り返し遺言して、ついに逝去《せいきょ》されたのであった。

一方、先生は大久保侯の命《めい》を受けて、早くも小田原に到着した。

そして、「主君は、私に窮民を救わせるため、手元金一〇〇〇両をくださいました。必要な穀物は小田原の蔵を開いてそれにあてよ、とお命じになったのです。

すぐに米蔵《こめぐら》を開きましょう」と言われたのであった。

家老たちや城詰めの武士らは、飢饉救済のことをいろいろと相談していたところであった。武士たちは、一度は喜んだものの、一方では疑い、「まだ、倉庫を開けとの命令が下ったわけではない。君命なく蔵を開けば、後日の罰を免《まぬが》れることはできない。このことについて江戸にお伺いを立てて、その後、命令があれば開くことにしよう」などと言う者があり、衆議《しゅうぎ》は紛々《ふんぷん》として決まらなかった。

先生はそのとき、声を励まして、こう言われた。

「まったくけしからん！　今、民の命は今日か明日かというほど切迫しています。大久保侯は、病苦をも忘れられて民を救おうと憂慮《ゆうりょ》なされたのです。それなのにみなさんは、『主君のために図っては忠《ちゅう》、民のために図っては仁《じん》』であるべき職にありながら、君意も民情も無視し、処罰を恐れて空言空座《くうげんくうざ》するとは何事ですか！

私が来なくても、まず蔵を開いて、民を死から救い、その後に主君に告げて、みずから罪に服してもよいではありませんか。それなのに、私が君命を伝えても、なお疑って『江戸に伺ってからにしよう』などとは、あまりに手ぬるい！　そんなことをしている間に、民がどれだけ死ぬと思っているのか！

それでもみなさんが自分の罪を恐れ、民の死を顧みないつもりなら、私がいくら言っても無駄でしょう。この評議が決するまで、みなさんも断食して民の苦しみを分かち合っていただきましょう。自分たちは満腹で、飢民の救済を座上の空論にしたならば、評議は決しません！　私も断食して、この席に臨みます。みなさんも断食してください！」

と、雷が落ちるがごとくお叱りになったのであった。

そこでさすがに人々は迷いを去り、即刻、蔵を開くことに同意したのである。

四万三九〇人の命を救う

先生は、ただちに座を立って蔵に走り、「さっそく蔵を開きなさい！」と命じられた。

だが、番人もまた「君命がなければ開かない」と言う。

先生は、「それなら私とともに断食していただきましょう！」と大声で諭された。そこで、倉庫はついに開いたのであった。先生は、すぐに俵数を調べ、運送の手配を定め、終日終夜、休まず救済に心を尽くされた。

そこへ大久保侯の家来鵜沢が来て、大久保侯逝去のことを告げ知らせた。

先生は大いに悲しみ、「ああ、我が道は行き詰まった。私はこの君の知遇を得て一〇余年、千辛万苦を尽くしたが、事業が半ばにも至らないのに逝去なさっては、この後、誰と一緒に、この民を安《やす》んじればよいのか」と、前後不覚に嘆かれたのであった。

だが、「いたずらに嘆いて何の益があるだろうか。今は飢饉であり、民の生死がかかっているときだ。仕事を怠ることはできない。一刻も空費せず、亡き君の意向に沿って救いを施すだけだ」と、涙を拭きながら巡回し、及ぶだけの力を尽くされたのである。

助けられた飢民は四万三九〇人余り。領内で飢えや寒さで死ぬ者はなかった。このため、人々はみなこの恩に深く感謝し、赤子《あかご》が父母を慕うように先生を慕ったのであった。

最後まで小田原の民を思う

大久保侯逝去ののち、小田原の家老たちは先君の命を奉じ、領内に先生の仕法の実施を求めた。

そこで先生は、分度を決め収入と支出を計る大法について根本から説き聞かせられたのであった。

けれども、家老たちはその器《うつわ》ではなかったため、先生の大法を行うことはできなかった。いろいろと言い紛《まぎ》らわせて根本の改革は行わず、ただ先生の仕法の実施だけを求めた。先生も、この情勢はどうにもならないと感じられ、一つ、二つの村に手を入れて、いつものように廃れたものを興し、荒れたところを開く道を施されたのであった。もともと人々は先生の徳を慕っていたので、成果も早く上がり、徳風《とくふう》は七二村にまで及んだ。

先生は「国家の根本の分度が確立したかどうか」を何度もお尋ねになった。だが、家老たちは、「それは国家全体のことであるから、容易に言えることではない」と言うばかりで、少しもらちが明かなかった。そのため、とうとう先生は、ふらりと桜町に帰ってしまわれたのであった。

領民たちは、先生が去られた理由も行き先も知らなかったため、ただ「自分たちの誠意が足りないからだ」と悔《く》いていたが、「先生は桜町にお帰りになった」と聞いて、諸村の庄屋や貧民たちは、わざわざ野州までやって来て、衰えた村の再興を哀願してやまなかった。そのため、先生は日夜、「修身斉家《しゅうしんせいか》〔身を修め、家庭を整え治めること〕の大道《たいどう》」を教え、日々数千言を、それぞれの人物に応じて説き聞かせた。この先生の至誠《しせい》〔真心〕の教えに感激して寝食を忘れ、涙を流す者もいたのであった。

そして、この頃には、先生の教えを会得《えとく》して故郷に帰り、みずから衰廃を立て直そうとする者までも出てきた。その数は少なくなかったのである。

先生は民を憐れむ気持ちを抑えきれず、ついに天保一〇年〔1839年〕の冬、野州を出発し、小田原に帰られた。だが、翌年の春は、また野州にお帰りになったのだった。

小田原領内の民は先生の徳風に感化され、七二村の民は競って仕事に励み、辛苦を忍び、殊勝な行いが多かった。そのため、他国の者まで、それを聞いて奮起することもあったという。

ところが弘化《こうか》三年〔1846年〕、どういう事情か、小田原では先君以来のやり方をやめ、領民が先生のもとに往復するのを禁ずるなど、不法な処置を取ることが多くなったのである。

さすがの先生も、これを不満に思われ、愁《うれ》いに沈み、こう嘆かれた。

「ああ、我が道はここで終わるのか。君子は天を恨まず、人を咎《とが》めずと言われている。私も、誰を恨み、誰を咎める必要があろう。すべては私の誠心《せいしん》が足りないからである。我が道の本源《ほんげん》である小田原が、すでに我が道を廃したというのに、私が他の地に行って我が道を行うならば、小田原の非を公表するようで、まことに心苦しい。各地の仕法も一度にやめて、小田原の非を隠そうか」

先生は道理を明確に見抜く君子で、一生の間に疑惑を抱くことはほとんどなかったが、このときは困苦心労で疲れておられたのである。

先生は、小田原の先君の墓にお参りして、このことを告げ、合掌して涙を流した。しばらくして、どんな気持ちを抱いたのか、黙ったまま、また涙を流されたのであった。

その後、先生は生涯を終えるまで、心中で常に、「小田原に再び安民の道が行われるように」とお祈りになっていたという。このときの先生の心中を深く察するなら、涙しない読者はいないだろう。

⑦下館《しもだて》藩と相馬《そうま》藩を再興する

下館《しもだて》侯のたっての依頼

常陸国《ひたちのくに》の下館《しもだて》侯（注10）は、常州《じょうしゅう》〔常陸国〕および河内国《かわちのくに》〔大阪府南東部〕で二万石《ごく》の領地があった。

だが、天明《てんめい》の飢饉から領民は衰え、税収は減り、上下の疲弊《ひへい》はひどくなっていた。負債ばかりが三万両余りあって、一年の租税でも利子を払うのに足りないほどだった。

そのように、どうしようもないところまで来ていたわけだが、郡《こおり》奉行の衣笠《きぬがさ》という者が、君命を奉じて桜町《さくらまち》にやって来た。一度や二度でなく何度も先生のもとを訪れ、ついに先生に面会し、藩の困難を述べて救済の道を求めたのである。

先生は、いつものように辞退して、「私は小田原侯のために力を尽くしていますが、それでも力が足りないことを恐れています。それなのに、どうして他の藩のために力を割《さ》くことができましょうか」と答えられた。

そのため、下館侯は小田原侯に要請し、〔家老の〕上牧《かみまき》と衣笠は、礼をもって救済の道を先生に求めたのであった。そこで先生は下館藩のために分度を定め、収支を定めて本源を立て、上牧に俸禄《ほうろく》〔給与〕の辞退を説いて、他の家臣たちの義を奮《ふる》い立たせた。

その後、先生は二カ月分の国費《こくひ》の米財《べいざい》〔米や金〕を手元から与えた。四カ月分の国費を本家石川侯（注11）から恵ませ、二カ月分の国費を下館の町の豪商を説得して出させた。そして、一年の貢税《こうぜい》で元金のいくらかを返したのであった。従来の利金の中から元金が減ったことで自然に生じた余りでもって、毎年、元金を返すことが定められた。

このため、窮乏していた下館藩も、負債を返す道が開けて、次第に疲弊から回復できるようになったのである。

また、下館領内の灰塚《はいつか》、下岡崎《しもおかざき》、蕨《わらび》〔いずれも茨城県筑西市《ちくせいし》〕の三村に先生の弟子を派遣し、農作を勧め、民を救う仕法を実施させたところ、その徳は三村だけにとどまらず、他の村にまで勤倹の美風が醸成《じょうせい》されたのであった。

（注10）石川総貨《ふさとみ》。1819～1849年。常陸国（常州）下館藩主。
（注11）石川総紀《ふさのり》。1815～1886年。伊勢国《いせのくに》（勢州《せいしゅう》）亀山藩主。日向守《ひゅうがのかみ》。

再興に力を尽くす二人の家臣

奥州相馬《おうしゅうそうま》侯（注12）の中村領〈福島県相馬市および双葉《ふたば》郡〉は、石高《こくだか》六万石で知られ、地は開け、民は豊かなところであった。

元禄《げんろく》年間〈1688～1704年〉、家臣たちが協議して縄入《なわい》れ〈田畑の測量〉をし、田畑の広狭《こうきょう》を厳しく調べ、三万八〇〇〇石を打ち出したところ、貢税は一七万俵にもなり、倉庫は米で満ち満ち、一時《いっとき》は極めて栄えていた。

だが、根を養わずに長く栄える樹木のあるはずもなく、民を富ませずに国が長く隆昌《りゅうしょう》〈勢いが盛んなこと〉であるはずもない。縄入れの後、次第に領民たちは貧しくなった。

天明年間〈1781～1789年〉に至っては、身分を問わず誰もが非常に困窮し、しかも、卯辰《うたつ》両年〈1783～1784年〉の凶作が重なったため、百姓らの死者と離散《りさん》者〈田畑を放って逃げる百姓のこと〉は数知れず、田畑は荒れて雑草が生い茂り、収穫は三分の二となって、どうしようもなくなった。文化《ぶんか》年間〈1804～1818年〉に至っては、疲弊に疲弊を重ね、負債は三〇万両を超え、一年の租税は、利子を払うにも足りなかったのである。そのうえ、借金は年々増え、収穫は年々減っていく。

君臣ともにこの事態を憂い、「どうにかして回復しよう」と、あれこれ心を砕いたが、なかでも草野正辰《くさのまさたつ》と池田胤直《たねなお》の二人は、忠義を励み、勤倹を説き、ひたむきに国を再興しようとしていた。

二人は悪習を改革し、無駄を省き、賞罰を明らかにし、勤惰《きんだ》〈勤めることと怠ること〉を正していった。だが藩の者たちは深い道理を理解せず、むしろ恨みを持つ者さえあった。しかし、草野は心を動かさず、「大事《だいじ》を成すには、並たいていの覚悟ではうまくいかない。我らは、命を捨てるのも覚悟のうえだ」と、池田とともに心を合わせ、仕事を減らして民を休め、租税《そぜい》を免じ、荒れ地を開き、負債を返す道も、おおよそは整ったのであった。

だが、こうして一〇年、その成果がようやく出ようとするときに、天保《てんぽう》巳申《みさる》〈1833年、1836年〉の両年の飢饉〈天保の飢饉〉が起きた。

せっかくの貯蓄をすべて失い、計画は一朝《いっちょう》にして空しくなり、再び艱難《かんなん》に陥ったのであった。このとき草野はすでに七〇歳を超え、池田も五〇歳を過ぎていた。「ああ、我らは三〇年の間、千辛万苦を尽くしてきたが、事業は半ばにも至らず、成果は中途で終わろうとしている。なんと悲しいことだろうか」と、二人は何度も嘆息するのだった。

この草野と池田の二人は、「二宮先生という人がいる。孔子《こうし》・孟子《もうし》の精神と管《かん》仲《ちゅう》・晏嬰《あんえい》（注13）の才を兼ね備え、やってできないことがなく、その考えは必ず当たっている」と聞き、久しく先生を尊敬していた。そしてついに、主君〔相馬侯〕に進言して、中村藩の郡代《ぐんだい》である一条《いちじょう》という者を先生のもとに送って教えを乞うたのであった。

けれども、先生はお考えがあって、面会をお許しにならず、人づてに仕法の一部分をお示しになっただけだった。

（注12）相馬充胤《みつたね》。1819〜1887年。陸奥国《むつのくに》（奥州）中村藩（相馬藩）主。
（注13）ともに、中国、春秋時代の斉《せい》の政治家。

尊徳の仕法に反対する家臣たち

先生の大徳《だいとく》は、今は世に隠れもなく、ついに幕府にも達して、天保一三年〔1842年〕の冬に登用されたのであったが、その頃、先生は江戸の大久保侯の邸《やしき》に滞在しておられた。そのため、草野正辰は「好機だ」と喜んで再三再四、面会を求め、ようやく許されて対面することができたのであった。

草野は、まず厚く礼を尽くし、言葉をへりくだって相馬領のありさまを述べ、誠心誠意、これを救う道を求めた。

先生はつくづくと草野をご覧になった。年齢は七〇を超え、名利《めいり》の欲にとらわれず、心は一筋に主君を助け、民を安《やす》んじようと願うのみ。あっぱれな忠臣の姿がそこにあった。先生は、諄々《じゅんじゅん》と、治国安民の大道《たいどう》を惜《お》しむことなく告げられた。

草野は虚心に聴き、一を聴いて二に押し広めた。先生の語る言葉を深く記憶し、正しく理解し、水で水を受けるかのように言葉を胸に納めて、大いに喜んで帰ったのであった。

二宮先生に会い、草野は胸中にわだかまっていた何十年来の暗雲が一時《いっとき》に晴れた思いであった。喜び勇んで主君〔相馬侯〕にまみえ、こう申し上げた。

「私どもは、中村再興の事業に心を委《ゆだ》ね、力を尽くしてまいりました。しかし、智は浅く徳は足りず、事業はいまだ成就せず、非才《ひさい》の罪を免《まぬが》れることはできません。君恩《くんおん》にお応え申し上げられないことを、ひそかに嘆いておりました。幸い、二宮に会うことができまして、その考えを聞きましたところ、国家盛衰の原因、治国安民の大道を、極めて明快に教え諭したのでございます。それだけではなく、二宮は徳を備え、智を備えた、まことに有道《ゆうどう》の君子であり、世を救う豪傑であります。主君には、あの人物を師として国家中興の事業をお託しになりますよう、お願い申し上げます」

主君は大いに喜んで、「まことにそちの申すとおりならば、得がたい偉人だと言えよう。すみやかに在国の諸臣《しょしん》にこのことを告げよ」とお命じになった。

草野は、「ありがとうございます」と申し上げて退いた。そして、筆を執《と》って、ただちに二宮先生の高徳《こうとく》と所論《しょろん》を残すところなくしたため、「この人を取り立てて用いなければならない」という思いを込めて、国元の池田胤直に書き送ったのであった。草野から書面を受けて、池田も先生をますます慕い、「国家の興復《こうふく》〈再興〉は、この人によって成就するだろう」と喜んだ。

だが、諸士《しょし》たちは自分たちの小さな心を省みて、先生のような大人物が世にいるということを信じなかった。かえって先生の心を疑い、あるいは「仕法は、うまくいく見込みがない」「草野はもうろくして、二宮を褒め過ぎている」などとはやし立て、真面目に従うことがなかったのである。

そのため、池田は、先生の生い立ちや大久保侯に登用されたいきさつ、桜町での事績などについて言葉を尽くして語り聞かせ、諸士の疑惑を破ろうとした。

江戸でも、草野は諸士に向かっていろいろと説き聞かせたが、国元と同様、ある者は疑い、ある者は非難するのであった。草野は一計を案じ、勘定奉行らを自分の従者のようにして連れていき、先生と草野が論談するたびに、襖《ふすま》の外でこれを聞かせた。すると、先生の高論と名説は実際にすべて適切であることに感動し、心服する者が次第に増えていったのである。

しかし、国元での衆議はまとまらなかった。そのことを聞かれた君侯は、池田を呼び、「そちを呼んだのは、ほかでもない。いよいよ余は二宮を登用して復興の事業を託そうと思う。そちは草野とともに力を尽くし、この事業を成し遂げるがよい」とお命じになったのである。

一〇年で一五村が完全に回復

君命を帯びた池田胤直は、草野正辰とともに天保一三年〔1842年〕一一月、先生に初めて会った。二人は衰退し疲弊した現状を救う方法を尋ねたのだが、それから、しばしば二人で先生に道を問い、法を求めたのである。

先生の教えはいちいち明白で、灯りを手にして闇を破り、個々の物を指で指し示すようであったので、二人はますます感激して、再興策の実施に余念なく努めたのであった。

こうして、池田は一度帰国し、寛文《かんぶん》年間〔1661～1673年〕から弘化《こうか》元年〔1844年〕まで一八〇年間の中村領内の税収について調べ、これを集約して相馬藩の分度を定め、経済の本源を立てるよう頼んだ。

先生は日夜苦心し、数カ月の間、親切丁寧に思慮された結果、今後六〇年間分の長期計画を定め、全三巻の書を作り、これに再興の道を余すところなく書いて、与えられた。相馬侯はこれをご覧になって非常に喜び、急いで池田に命じて、その実行を期待されたのであった。

そして、ついに弘化二年〔1845年〕、宇多郡《うだのごおり》の成田と坪田《つぼた》の両村〔いずれも福島県相馬市〕で、先生の法が実施された。

これを始めとして、諸村は競って事業の実施を請《こ》うた。そのため、先生は次第しだいに着手して回復の成果を上げられた。再興の事業を行う村は五〇村に及び、一〇年後の安政《あんせい》三年〔1856年〕に至っては、昔の豊かさを完全に回復した村が一五村、開けた廃地は数千町歩《ぶ》〔東京ドーム600~800個分〕、分度以上に収穫された穀物は一万俵余りに及んだのであった。

このように、相馬藩は先生の法によって実績を上げたが、このことは、一つには草野・池田らの忠義の結果であり、もう一つには、相馬侯みずからが先生の教えを守られたからである。

再興を進めた相馬侯の徳力

相馬侯は、幼名を豊丸君《とよまるぎみ》といい、先君《せんくん》が非常にかわいがり、幼いときは膝元を離さず養育されていた。

草野正辰は先君に諌言《かんげん》して、「豊丸君を愛しておられますならば、深宮《しんきゅう》〔御殿の奥深いところ〕の婦人の手に任せておかれてはなりません。明君《めいくん》〔賢明な君主〕は婦人の手では育たないものであり、暗君《あんくん》〔愚かな君主〕は深宮の大奥のようなところで育つことが多いのです。我が君《きみ》は、民を愛し、また豊丸君を愛しておられますならば、豊丸君に艱苦《かんく》〔悩み苦しみ〕が何であるかを理解し、下民《かみん》〔下じもの民〕を憐れむお心が持てるようにご教育遊ばされるのがよろしいでしょう」と申し上げた。

そこで先君は草野に養育のことを任されたのであった。

これよりのち、草野は心を尽くしてご養育申し上げた。

成長した豊丸君は、よく庶民の実情に通じ、みずから艱苦にお耐えになり、国〔藩〕にいるときは領内の村を親しく巡察なさり、百姓に苦しみを問い、大雨が顔を打つときも、暴風が袖をちぎるようなときも駕籠《かご》を用いることはなかった。庶民に寄り添って親しみ、勧農《かんのう》〔農業の奨励〕の道を細やかに説かれ、孝悌《こうてい》〔親に真心を持って仕え、兄弟を敬愛すること〕の教えを説かれたのである。

そのため、老若男女みな感動して、各人が自分の仕事に励んで徳に向かって進み、仕法の結果も早く出たのであった。

志半ばで終わった最後の再興事業

その後、先生は天保一四年〔1843年〕、奥州の小名浜《おなはま》〔福島県いわき市〕、野州《やしゅう》の真岡《もおか》、東郷《ひがしごう》〔いずれも栃木県真岡市〕という三カ所の代官の属吏《ぞくり》〔下役、属官〕を命ぜられた。

ところが、真岡の代官は非常に愚かであった。先生の法を用いないばかりか、先生の手柄を台無しにしようとして、官舎さえ先生に与えず、一人で威《い》を振るっていたのである。先生は、これと争わず、神宮寺《じんぐうじ》という何年も住職のいない破れ寺に入って、風雨もしのげないようなところに悠然としてお住まいになった。

ある日、かつて先生の恩を受けた下館藩の衣笠が先生を訪問した。衣笠は先生の住まいのありさまを見て、「あまりのことだ」と腹を立て、代官に向かって、「賢者への処遇がこんなものであってよいのか」と、さんざんに言った。

代官は腹中《ふくちゅう》に怒《いか》りを発し、面と向かっては曖昧《あいまい》な返答をしておいて、衣笠が帰ると先生を呼び出した。

「拙者のやり方は、思うところがあってのことだ。貴公《きこう》を廃寺に住まわせておこうと、部外者にがたがた言われる筋合いは何もない。衣笠という者は、陪臣《ばいしん》〔家来のまた家来〕の分際《ぶんざい》で無礼なことを言い、拙者のやり方は『間違っている』と言って去った。貴公は衣笠を戒めて、そのようなことを言わせないようにしろ」と、裏にトゲのある怒言《どげん》を吐いた。

先生は逆らうこともなく退かれたが、このことを聞いた衣笠は大いに怒り、「愚《ぐ》人《じん》に問答しても無駄でした。二度と彼のような小人物《しょうじんぶつ》を見たくありません」と言って、下館に帰ったのであった。

このように、他人でさえ悔しく思うほどであったが、先生は少しも恨み怒る様子もなく、悠然としておられた。

しかし、ある人がまた、このことを聞き、歯噛みして大いに怒り、代官に面会を求め、道理を尽くして非難し、代官が言葉に詰まるまで責めなじったが、先生はこのことを聞かれて、「そんなことをしてくれなくてよかったのに」とまた嘆かれたという。なんと心の広い先生であろうか。

その後、先生は、日光神田《にっこうしんでん》〔栃木県日光市にあった寺社領。幕府が管理していた〕開墾《かいこん》の命《めい》を幕府から受け、刻苦《こっく》して従事されたが、その事業の成功を見る前に、はかなく没せられたのであった。

聞《もん》・思《し》・修《しゅう》

先生は博学多才の人ではなかった。だが、そんな人よりも、もっと大きく世の利益となった人だと言えよう。

先生は悟道得真《ごどうとくしん》〈悟って真理を得ること〉の人ではなかった。だが、そんな人よりも、もっと高く世に秀でた人だと言えよう。

先生の人生の始まりを考えてみよう。

貧賤《ひんせん》の中で身を練《ね》り、寒苦《かんく》に心を鍛え、学問を常に実際から離さず、ついに、道理に明るく、確かな行いのできる君子となられたのだ。

そもそも、「聞くこと」「思うこと」「修めること」は、学を成し、徳に入る道である。聞いても思わなければ凡人《ぼんじん》となり、思っても修めなければ君子にはなれない。だが、先生は、この「聞《もん》・思《し》・修《しゅう》」の三つを、よく実践なさった。そのため、たとえ「聞くこと」は少なくても「思うこと」は多く、「思うこと」は少なくても「修めること」は多かった。「修めること」が多かったために、得られたものは極めて多く、ついに万人を動かすような人になられたのだ。

先生の人生の終わりを考えてみよう。

道を楽しんで富貴利達《ふうきりたつ》〈富を得て高い身分になること〉を求めず、天を敬って困苦屈辱《こんくくつじょく》を厭《いと》わなかった。王侯も奪うことができず、妖魔《ようま》も破ることのできない朗らかな心を悠々《ゆうゆう》として保ち、一点の苦もなく、満懐《まんかい》〈胸いっぱい〉の楽しみを感じて世を去られたのである。

そもそも、「念《ねん》」と「行《ぎょう》」と「得《とく》」によって人生の上昇と下降とが生じる。卑しい念を発するから小人《しょうじん》〈徳のない人〉となり、誤った行いのために好人物になれないのだ。しかし、先生は、大きく高い念を抱き、清く堅固な行いを保持された。そのため、大きく高く、清く堅固な果報《かほう》〈幸福〉を得られたのである。

二宮先生の伝記を読む人は、先生の事績を記憶するよりも、その事績が生じた理由を思ってほしい。先生の成功をうらやむのではなく、その成功が成し遂げられてきた根源を考えることが大切だ。先生が思われたように思い、先生が念じられたように念じること。それができたなら、そのときこそ、あなたは、初めて「先生の伝記を読んだ」と言うことができよう。

これを、この伝記の結びの言葉としよう。

⑧ 補記《ほき》――『報徳記《ほうとくき》』および尊徳翁《おう》について

強く感銘を受けた『報徳記《ほうとくき》』

私は若いときに『報徳記《ほうとくき》』を読んで、非常に感動したので、これについてのたいていの書物は読んだ。ここで、事実談や感想を書いておこう。

私が初めて『報徳記』を読んだのは二〇歳ぐらいのときだった。年も若く、心持ちも練れておらず、いろいろな場面に遭遇して、ただうろうろしていた頃のことだ。その頃、この『報徳記』を読んで大いに愉快になり、自分の身体に一つの強い、力のある考えが湧くような気がした。もちろん、前々から聖賢《せいけん》〈聖人と賢人〉の教えや修身の書などを読んでいなかったわけでもない。

しかし、『報徳記』は書かれた事実が非常に身近に感じるようなことで、しかも、全編、事実をもって説明してある。言葉をもって書かれた書物は多いが、この本のように事実をもって教えてあるのは非常に珍しいことだ。しかも、その事柄が古代史のように、耳や目や心に遠い、おぼろげなものではなく、自分自身のことか、そうでなければ親しい友人のことのように、目の前に見え、耳のそばでささやかれるのだから、深く身に染み入ったのである。

そのときに受けた、深い感じの第一は、「行いを堅実なものにしなければならない」ということだ。「人生は、かたい確かなやり方で、誠心誠意、心いっぱいに張り詰めた気合で、弛《たる》みのない引き締まった足取りで、遠い道を行かねばならないのだ」と、しみじみ感じた。

次に感じたのは、「過去のことについて、それが間違っていたと悟ったときは、未練なく思いきって改めねばならない」ということだ。断固《だんこ》としてあやまちを改める勇気、それは勇気の中でも最も勇なるものだが、これがなくてはならぬと感じたのである。

人間はずいぶん失策をするものだが、尊徳翁《おう》が言われたように、「芋を蓄えようとするときに、芋に少しでも腐ったところがあったら、思いきって、そこを切り捨てねばならない。そのような大決心を奮い起こして、いわゆる『懺悔《さんげ》の勇気』をもって、思いきり、そして未来に対しては確実で堅固な、満を持《じ》した行いをせねばならないのだ」と大いに感じて、読み終わったときには、かつてないほどいい気持ちがした。

大いに感じて『報徳記』八巻を再三再四繰り返し読んだが、その後、書物を置いて考えてみた。「この書物の中の事実をただ記憶し、そらで前後を言えるようになったとしても何の役にも立たない。私は農業を志しているのではない。この書物を手から離して胸に持ち、外形ではなく、その精神を学ばなければならない」と。若い考えだけに、いたってつまらぬ平凡なことだが、当時は鋭く、強く、深く感じたのである。

それからは何かにつけ、折に触れて、この本を手にし、胸にも抱いて、忘れる暇はなかった。単に自分だけではなく、その後、当時の自分のように悩んでいる人を見ると、親しい間柄かどうかは関係なく、この本を取り出して精読することを勧めたことが何度もあった。

ところで、ここに不思議なことがある。貸した本というものはなかなか返ってこないもので、一〇のうち九までは催促しないと戻らない。もともと書物というものは、文章でも詩の本でも内容の価値は高いが値段は安いので、借りたまま放置されてしまい、催促しても返ってこないのがずいぶんある。
ところが面白いのは、この『報徳記』だけは、いつ貸しても必ず返ってくるのである。人間関係が深くない人にも貸すが、遅くはなっても、返ってこないということはない。唯一、昨年ぐらいに貸したものが、まだ戻ってきていないが、思うに何かの事情のために遅れているのであって、きっと返ってくるとなんとなく思われる。

このことを私は一つの奇跡のように感じている。他の書物には、あまりないことで、おそらく、『報徳記』の中に含まれている烈々《れつれつ》とした精神が、読んだ者に投げやりにすることができないような感じを与えるのだと思う。

小説家の眼から見た二宮尊徳翁の信仰心

次に、先日の会（明治38年11月26日に東京上野音楽学校で行われた二宮尊徳翁五十年紀念会〉からの帰途、私の職分の知恵から割り出した考えだが、私の職分はご存じのとおり小説である。小説というと、人情の機微を観察し、人の世におけるすべての行いが分かち出る道程と理由を勘案《かんあん》して、それから書くのであるが、この小説眼《がん》から二宮金次郎という人を小説に書くとすると、どうも、成長した後の尊徳翁を描くことは、ちょっとできないのである。

なぜならば、あの貧困窮苦《きゅうく》の環境に育ち、あの苛刻《かこく》残忍な伯父万兵衛《まんべえ》に養われたわけで、「その血の中に異常に立派なものが流れている」とか、「一方に非常に温かな、力のある保護者がいて、愛の力でもって、どうか善いほうにと、熱心に彼を導いた」などの事実がなければ、自然派〈自然主義文学〉や写実派〈写実主義文学〉の考え方からすると、金次郎にあのような人生を歩ませることはどうしてもできそうにないのである。必ずや、ねじけきった悪少年となり、悪人となり、万兵衛の家に火でもつけて、燃え上がる火焔《かえん》を眺め、手を叩いてケラケラと大笑いする場面を出さないと、どうも一篇の小説にならないようである。

そもそも「写実」と言ったり「自然」と言うのも妙なもので、悪くすると、人間の卑小《ひしょう》な狭い考えで、この測りがたい世間のことを卑しく、小さく、狭く描いていこうとする傾向になる。特に、暗黒面ばかりに目を向ける人たちには、人間はみな黒い煙でも吐いてばかりいるように観察するきらいもあるようだが、そう黒煙を吐いている人ばかりでは大変だ。なかには、温かい、芳《かんば》しい気を放つ人もある。世間は、そう狭くはない。尊徳翁のような人も出てくることがあるのだ。

私が思うに、尊徳翁の幼少時は、書いたものにはあまり伝わっていないが、小説眼から見ると、何か非常に熱誠《ねっせい》を捧げて崇拝し、信仰し、目標としていた何かがあったのだとどうしても思われる。それで先日の五十年祭の席上で、古い古い『大学』を見たとき、私は深く感じたのである。

「あの『大学』を、いつも絶え間なくひもといていた幼い金次郎の胸の内には、自分の境遇が苦しいにつけ、古《いにしえ》の聖人に対して、言い知れぬ懐かしい、慕わしい憧憬《しょうけい》の念が燃えて、呪文でも唱えるように、強い信仰の一念で、この聖経《せいきょう》に向き合っていたのではないか」と。

また、『観音経《かんのんぎょう》』（注14）を読んでいたのも、幼い心の中に、どうも夢のように人間以上の何者かを認めて、それによりすがっていたのではないかと思った。だいたい、善良な子は不思議に人間以上の存在を信頼し、敬慕《けいぼ》するものだが、つらい環境にいたために金次郎のそうした気持ちはいっそう鋭かったのではないかと思うのである。

（注14）尊徳が16歳のとき、観音経の内容を僧侶に解説し、その深さに僧侶が驚いたエピソードが『報徳記』にある。

第二章

自助努力で道を切り開け

① 苦しいときは楽地《らくち》を見つけよ

楽あれば苦あり、苦あれば楽あり

どんなところにも楽しいところはあるだろう。また、どんなところにも楽しくないところがあるだろう。

花が笑い、鳥は歌い、天はのどかにかすみ、水はゆるやかに流れる春の日であっても、快いことばかりで心中を満たすことはできない。朝の曇りには雨を疑い、夕べの風には寒さに怯《おび》えることもあるのが常である。雪雲《ゆきぐも》が日光を暗くさえぎり、大地は凍って土に生色《せいしょく》なく、人畜《じんちく》ともに元気を失う冬の日でも、うら悲しいことだけが心を占めるわけではない。

水仙《すいせん》の一、二輪に清い優しさを感じ、夕暮れの烏《からす》の三、四声に枯れた趣《おもむき》を感じ、木の根を焚《た》く山家《さんや》の炉辺《ろへん》で罪のない話に花を咲かせ、焼き芋の灰をはたくとき、そのぬくもりを感じてうれしくなり、微笑《ほほえ》むようなおかしさもあるだろう。金殿《きんでん》玉楼《ぎょくろう》にいても楽しくないときはあるだろう。茅店草屋《ぼうてんそうおく》〔草葺《ぶ》きの粗末な家〕にも楽しいところはあるだろう。

弓《ゆみ》の弦《つる》は真っすぐだが、弓そのものは曲がっている。これ自体は事実に反してはいない。しかし、曲がった弓も真っすぐなところがあればこそ、矢を放って当たるのだ。ムラがあっては弓の用をなさない。曲がった弓にも真っすぐなところがあるということだ。真っすぐな弦にも曲がったところがないわけではない。弦の麻《あさ》の筋《すじ》を詳しく見れば、必ずねじられ縒《よ》られて、強さを保っているではないか。これは、真っすぐな弦にも曲がったところがあるということだ。

楽しいところにも楽しくないところがあり、楽しくないところにも楽しいところがあるというのも、このようなものだ。諦観《ていかん》〔物事の本質を明らかに観て取ること」の工夫が足りないときは、事物をただ一面的にだけ思い込むものだが、一面しかない事物は少ない。善い中にも悪しきものは混じり、苦しいことの底にも楽しいことが潜《ひそ》んでいるものだ。

この世は自分一人のために用意されたものではない。親としては我が子をも不満に思うことがあり、子としては自分の親をも物足りなく感じることがある。人を使っては歯がゆく、もどかしく思い、人に使われては腹立たしく、不満、不快に思うことがある。だが、そうしたことから逃れがたいのが世の常である。

まして、身は貧しく学問は乏しく、いろいろと思いどおりにならない者にとっては、いつも悔しく、やるせなく、楽しくない思いをしているのであって、「自分のように苦しい目にばかり遭《あ》って、生き続ける者はいないだろう」などと、身を捨て果てるほどまで、恨み、怒《いか》り、憂い悲しむことも、きっとあるだろう。

けれども、その人自身には、貧苦の底の底に沈んで、右にも左にも道がないように見えても、他の人から見たら、「こうしたらいいのに」と思うことがあったり、少しは楽しいこともあるように思われることもあるだろう。

およそ事物は一面だけではない。たいして楽しくない中にも、楽しいところ、楽しむべきところもあるだろう。

楽地《らくち》を見つけよ

楽しいところ、楽しめるところを見つけ出せたら、どれほど苦しくて不快な中にあっても、人は必ず勇気を得て、苦中の苦に耐え忍び、やがて人の上に立つ人となることもあるだろう。そこまでいかなくても、常に、楽しくない中に楽しいところを見つけるように心がけて、それを習慣にすることができると、朝夕、心にゆとりができ、気持ちも豊かになって、自然と品位もよくなり、分別も正しくなり、世の中を楽しく過ごせるようになるだろう。

「楽地《らくち》」を見つけなさい。努めて「楽地」を見つけなさい。努めて「楽地」を見つけるという習慣を身につけようと心がけなさい。

昔、江州《ごうしゅう》〔滋賀県〕の行商人（注15）と、他の国の行商人が、ともに碓氷《うすい》の坂道〔群馬県・長野県境の碓氷峠〕を登っていた。夏の太陽は炙《あぶ》るように熱く、商品は重くかさばっていたので、二人とも疲労困憊《こんぱい》して休憩した。

近江《おうみ》でないほうの商人は苦しさのあまり、「碓氷の山がもう少し低ければいいのに。生計を立てる道に苦しくないものはないが、こんなに山が高く険《けわ》しくては、行商をやめて帰り去ろうとまで思うよ」と、ため息をついてぼやいた。

近江の商人は笑って、「同じ坂で、荷物もあなたと同じぐらいですから、あなたが苦しむのと同じように私もまた苦しみ、このとおり息もあえぎ、汗もかいています。けれども、私はそうとは思いません。この碓氷の山を一〇ほども重ねた高い山よ、出てこい。そうすれば数多い行商人はみな、途中で身も疲れ心も弱って引き返すでしょう。そうしたら、私一人、なんとかして山の彼方に行き着いて、思う存分に商売をしてみようではないかと思うんです。碓氷の山が高くないのが残念ですよ」と言ったという。

同じ苦難の中にいても、「楽地」を観ることができる者は、身は屈しても心は屈しない。力は衰えても勇気は衰えない。二人の商人は同じ道にいたが、同じ環境でも態度は違った。このことを、よくよく思い味わうべきだ。

（注15）近江商人。組織的な商法と堅忍勤勉で名高い。

② 苦境から逃げるな

雲水草樹《うんすいそうじゅ》にも苦境はある

雲を見上げれば、雲は悠々《ゆうゆう》として行き、水を見れば、水は洋々《ようよう》として流れる。草はふさふさと生え、樹《き》は真っすぐにそびえ立つ。天地の間のものは、みな安らかに進行するようであって、ただ世間だけは、思いどおりにならないことが七、八割。ともに語り合うことのできる人は三、四人もいない状態である。

けれども、雲の形を観察すると、綿《わた》のようにたむろし、帯のようにたなびいているだけではなく、下方は豊かでも上方は削《そ》げ落ちていたり、上方は整っていても下方は乱れていたり、斧《おの》で削《けず》られたかのようなものや、刀で断《た》ち切られたようなものも少なくない。これはみな風に揉《も》まれてそうなっているはずだ。

水の姿を考えると、練絹《ねりぎぬ》を伸ばしたように優しく注ぎ、矢のように真っすぐに走るのは珍しく、あるものは岩に堰《せ》き止められて折れ曲がり、あるものは山に出合って周囲をめぐり、あるものは止められて溜《た》まり、あるものは圧迫されて激しく流れ、東に曲がり西に折れ、やっとのことで海に至る。これはみな地形に左右されて、やむを得ずそうなっているはずである。

草が萌《も》えるにしても、樹木が育つにしても、その初めは必ず曲がった状態で土から抜け出るものだ。屈曲しないで出てくるものは、ほとんどない。これもまた、簡単に平安に、陽《ひ》の恵みを受け、露《つゆ》の恩に潤《うるお》ったというわけではない。

雲水草樹《うんすいそうじゅ》でさえ、こうなのだ。何ものであっても、苦境を経験しないものは決してないと言えよう。

苦境を経験しない者はない

「智慧《ちえ》が抜群ならば、苦《く》を排し、楽《らく》を得られるだろう」と思うのは、考えが浅い。智慧ある人には智慧ある人の苦境がある。たとえば、碁《ご》の道に造詣《ぞうけい》が深い人でも一勝一敗するが、その敗れたときは苦慮《くりょ》を免《まぬが》れない。

「勇力《ゆうりょく》が群を抜いて優れていれば、苦を抜き去って、楽を引き起こせるだろう」と思うのも、考えが足りない。力がある人でもすべて思いのままになるわけではない。たとえば、優れた力士も、一生勝ち遂げることはできず、負ける日には苦戦を免れない。

「裕福で、身分も高く、威力と権力があれば、常に楽地《らくち》にあって、苦境にいることはないだろう」などと思うのは、たいへんな間違いである。富者には富者の苦境があり、威力や権力のある者にも、それなりの苦境がある。柱が大きければ梁《はり》〔柱と柱の間に渡した横木〕もまた大きくなり、受ける力が大きいのと同じだ。

「南面《なんめん》〔君主の位につくこと〕の楽しみ」という言葉があるが、帝王といえども苦境がないというわけにはいかない。明君英主《めいくんえいしゅ》は夜がふけてから就寝《しゅうしん》し、朝早くに起き、礼《れい》に従って身を捧げ、義《ぎ》を取り、欲《よく》を捨て、夢の中でも「国のため、民のため」と祈り求める心を忘れないようにするものである。

「天《てん》を楽しむ」という言葉もあるが（注16）、聖人賢者《せいじんけんじゃ》といえども苦境と無縁《むえん》ではいられない。昔から、聖人賢者の嘆《なげ》き苦しむ言葉が多いことからも分かるだろう。まして豪傑俊偉《ごうけつしゅんい》の人物などは、おいしい魚がよく釣られ、肉のうまい鳥が網にかけられるように、世の大任《たいにん》を負い、国家の公益をあれこれ考えずにはいられないから、楽地にいることは少なく、苦境に立つことが多く、苦難困難のうちに一生を終えるのは、いつの時代、どこの国でも同じだ。

実は凡人《ぼんじん》は苦境と言うべきほどの苦境に立つこともなく終わるものであるが、素質が乏しいためこらえる力も乏しいまま、「自分は苦境に沈んでいるのだ」と思い悩むことが多い。どうしても、苦境の存在から逃げられないのが人の世である。

（注16）「天を楽しみ、命《めい》を知る、故に憂《うれ》えず」。『易経《えききょう》』繋辞上伝《けいじじょうでん》。

苦中の苦が非凡《ひぼん》な人物をつくる

苦境にはいろいろなものがある。

その最も身近なものから言えば、食事が思いどおりにならないことが第一である。衣服・住居が思いどおりにならないのは、これに比べればまだ我慢できる。

時間が手に入らないことが第二である。自由な時間がなくて、やりたいことができないのは、食事が思いどおりにできない苦しみにも劣らないだろう。

体の力が思うに任せないことが第三である。病気になったり、体が弱かったり、気力はあるのに体力がもたないことも自由な時間のない苦しみに劣らないだろう。

寒くて衣服が思うに任せないこと、風雨や冷熱に対して住居が思うに任せないこと、これも苦しいと言えるだろう。

最も痛切なものから言えば、信じるものがないことが第一だろう。思うことが自由にならないことが第二であろう。才徳《さいとく》・力量・学術が足りないことが第三だろう。

人に誤解されたり、無実のことで咎《とが》められるのも苦しいことだと言えるだろう。この世で生きていれば、服を着ないではいられず、食事も取らないではいられない。粗末でも一鉢《ひとはち》の飯《めし》があり、冷たくても一杯の水があれば、なんとか生きられる。最も身に近い苦《く》ではあるが、それほどには人を苦しめないものだ。

だが、体に肉があり、肉に骨がある以上、みずから信じるものがなくてはならないだろう。仮にもみずから信じるものがあるならば、最も心に近い苦はないのである。心身に密接な苦がないのなら、それ以上に何を心配したり苦しんだりする必要があるだろう。

「苦中の苦を味わわなければ、非凡《ひぼん》な人物になれない」という言葉がある。「苦境に立つこと」を甘んじて受けるべきなのだ。「苦境」を避けて逃げようとしてはいけない。

昔の人のことを学ぶときに、その人が成功したところ、思いを遂げたところなどの形跡を見て学ぼうとしてはいけない。一生懸命汲《く》もうとしたところで、古い河にも古い水は流れていないのだ。昔の人のことを学ぶ場合は、その人が苦に耐えたところ、心を練ったところを見出して、学ぶのがよい。

英才大器《えいさいたいき》も苦境に立たなければ有用《ゆうよう》な人にはなり得ない。喜んで苦境を迎えるべきだ。

③ 障害があっても努力し続けよ

どんなところにも障害はある

およそ世の中のことで、障害のないものはない。弾丸が空中を飛ぶことほど自由なことはないだろう。しかし、空気という障害や大地の引力という障害から免《まぬが》れることはできない。人が世渡りで向上しようと努力するにあたっても、その目的が善であろうと美であろうと、障害がないというわけにはいかない。

障害でも「当面の障害」、すなわち努力を妨げるような抵抗であれば、ますます奮《ふる》い立ってあえて努力しようとする。このとき、その障害はむしろ好都合である。勇者は敵があまり弱いことを望まないのと同じ理屈だ。ただ、障害は対面だけでなく、背面にも側面にも裏面にも潜在したり浮動したり厳然として存在したりする。

ある人が微分《びぶん》学を学ぶと仮定しよう。その学科がやや複雑で精緻《せいち》だというのは

「当面の障害」となる。しかし、それは、この学科を修得しようとする者にとっては、意気《いき》を奮い立たせ、血をたぎらすことであるから、むしろ、愉快とも言うべきである。ちょうど勇者が陣頭に立って、雲霞《うんか》のごとき敵の大軍を望見《ぼうけん》して意気が天をつくような状態であろう。努力を妨げる障害が、このようなものばかりであれば、人生は実に好ましいものである。だが、そう単純にはいかない。

「貧しくて、良い教師を雇えるだけの資金がない」とか、「良書を買うだけの財《ざい》貨《か》がない」とか、貧窮《ひんきゅう》していなくても、「ある事情のために学ぶ時間がない」とか、「目上の人が不快に思って数学の修得を放棄させようとする」とか、いろいろな障害がある。こうしたとき、その人は側面や背面または裏面、上方や下方などの障害に遭《あ》っているのだ。

このような障害は、実に不快で陰鬱《いんうつ》で寒々《さむざむ》しい気分を生じさせ、努力を敢行しようという、せっかくの志も意気も萎《な》えさせて、ついには自棄《じき》の念さえ起こさせるものである。まして、複雑な人生の志は、大きかったり、遠かったりするものだから、その障害もまた、数学を修得しようとするときに起きてくるような簡単なものではない。

伊能忠敬《いのうただたか》は六〇年余り障害に耐えた

世の中の多くの人は、誰でも志望を抱いて努力を敢行しようと思うことは多いが、当面の困難を排除するよりも、いろいろな障害が側面から、背面から、裏面から、上方から、下方から自分を取り囲んできて、圧迫される事態に遭遇する。

そしてついには、その不快で陰鬱で寒々しい気分の停滞感に耐えられなくなり、知らない間に気持ちが腐ってしまって、意気消沈し、隆々《りゅうりゅう》たる気持ちも磨《す》り減《へ》り、その間に他のものに誘惑されて、堕落という坂道を下って、捨て鉢《ばち》になって暗い谷に入っていく者が多い。

伊能忠敬《いのうただたか》（注17）が数学を好んだのは天性《てんせい》のものである。けれども一家の事情は忠敬先生が六〇余歳になるまで、数学に身も心も委《ゆだ》ねることを許さなかった。このような深くて長い障害は、本当に人を自暴自棄の状態に陥れるのに適している。世の中でいったいどれだけの人が、忠敬先生のように六〇余歳まで耐えることができるだろうか。

数学を修得しようとするような努力は、最も単純な志で障害は少ないはずだ。それでも、このようなことがあるのだ。まして、遠大な志を持つ人にとっては、どれほどの障害に遭遇するか知れたものではない。我らは努力を妨げる障害があることを予想しないわけにはいかないのだ。

（注17）1745〜1818年。江戸後期の測量家。日本で初めて実測による日本全図を作成した。

政治とは「正当な努力の障害となるもの」を排除すること

努力を妨げる障害は、個人に対するものと、為政経世《いせいけいせい》の士〔政治家など世の中を治める人〕に対するものとの二つが予想される。

政治を行い、世を治める人は、社会のため、人類のために、各人の正当な努力の障害となるものを排除することに努めなければならない。

稲には稲の生き生きとした力があり、麦には麦の生き生きとした力がある。また、莠《はぐさ》〔農作物の生長に害を与える草〕にも莠の生き生きとした力がある。農場の主人は稲や麦を収穫するのが目的だから、莠のような、稲や麦の生長の障害となる雑草や悪草の排除に努めなければならない。

経世の士、為政の人は、農場の主人の目的が「良い穀物を得ること」であるように、「社会の幸福、人類の発達」を最大の目的とすべきであるから、各人の正当な努力の障害となるものを排除して、各人の努力が少しでも効果を出せるように、適切な思慮と手段を実施しなくてはならないのはもちろんのことである。

本来、政治とは整理である。物にはふさわしい場所を与え、人には生きることを楽しませ、社会の進歩と発達、安寧《あんねい》と幸福を実現することのみを約束すべきものである。言い換えれば、個々人の正当な努力を遂げさせるものである。正当な努力の障害となるもの、つまり、稲や麦にとっての悪草や雑草を除き去らなければならないのだ。

世相は複雑で、歴史もあり、習慣もあり、惰力《だりょく》〔惰性の力〕もあり、邪悪もある。人々の正当な努力の障害となるものも存在している。業者として努力する場合、過重な税金は正当な努力の障害となるものである。門閥《もんばつ》、爵位《しゃくい》、富豪などを尊崇するというしきたりがあるとすれば、富貴《ふうき》から遠い者は、自然と障害をこうむっていることになる。こうした不当な事情のもとに正当な努力が害をこうむっていることは、決して少なくない。

為政者・経世者は、こうした「正当な努力の障害となるもの」を当然、世の中から排除しなければならない。

しかし、各人が自分自身の努力の障害となるものに対してどうすべきかというときには、為政経世の士が行うようなことをするわけにはいかない。個人が身辺のさまざまな事情や、これまでの歴史や習慣や惰力や邪悪や失政をただちに改め正すことは簡単ではない。

だから、屈従《くつじゅう》が生ずるし、服従も生ずる。甘受《かんじゅ》も生ずるし、不平も生ずる。不満も不快も生ずる。反抗も生ずるし、争闘も生ずる。これらはまだ仕方がないことだが、ついには誘惑や堕落、自暴自棄に陥り、正当な努力を投げ捨てて、傍門《ぼうもん》小路《しょうろ》〔王道ではない邪道、脇道〕から幸福を獲得しようとするという、ぞっとするような状態が、ややもすれば起こりがちなのだ。

「死すとも休《や》まず」の精神

人にはそれぞれの容貌や風采《ふうさい》があるように、さまざまな性質がある。Aの性質の人に対して「Bの性質の人がするようにしなさい」と言ったところで無駄である。努力の障害となるものに対して、ある人は、突破しようと試みる。ある人は、隠忍《いんにん》して時を待とうとする。ある人は、嫌だが完全に屈してしまう。またある人は、「これこれの因《いん》〔原因〕や、これこれの縁《えん》があったからこうなっているのだ」と諦めて甘受し、前世の負債を償《つぐな》おうとするような態度に出る。だから、そのいずれを良いものだとして人に勧めても、ほとんど無益である。「如是性《にょぜしょう》・如是力《にょぜりき》」（注18）と言われるように、種々の人々は種々の状態を呈する。

しかし、正当な努力を妨げる障害を排除しようと思うのは、消極的な態度に出るにせよ、積極的な態度に出るにせよ、欺《あざむ》くことができない、人間本来の約束である。一縷《いちる》の命脈《めいみゃく》がある間は、人は成長・発達・進歩・幸福のために努力をあえてしようとするのが当然であり、また必然である。不断の努力が積まれさえすれば、障害は自然と取り除かれるものと観るべきである。

障害のために敗死《はいし》することもあるだろう。「努力さえすれば障害は除かれる」とは必ずしも言えないが、「仮に敗死したとしても努力をあえてしたい」のが人の本性である。人は死ねば休止するが、それまでは努力を休止することはできないはずだ。

「死すとも休《や》まず」（注19）という言葉は、卓絶した詩人が自己を歌った句であるが、結局は誰にでもある胸中《きょうちゅう》の秘《ひ》、本然《ほんぜん》の性《せい》を示したものである。「死すとも休まず」とまで言っているところと、人がその句を愛誦《あいしょう》するところに、どれだけこの言葉が人の心に共鳴するだけの真価を持っているかが分かるではないか。

大きな目で見れば、障害は物を便利にし、務めを成すための足がかりである。火の障害となるものは水である。水の障害となるものは火である。それでいて、水と火の両方がそろうことで、水も火も〔調理や風呂などの〕役に立つのである。砥石《といし》は刃をこすって鋭くさせる。摩擦力は一切の運動に抵抗して、その運動を有効なものにする。障害がないところには意義はないのである。努力を妨げる障害は、努力の意義を成す足がかりなのだ。

努力して敗死し、死すとも休まず。なんと愉快なことではないか。

（注18）『法華経《ほけきょう》』の「方便品《ほうべんぼん》第二」で説かれる「十如是《じゅうにょぜ》」の２個。如是性は性質、如是力は潜在能力。

（注19）中国、唐時代中期の詩人、杜甫《とほ》の詩。

④正直者になれ

正直であることは難しい

正直というのは、こざかしい知恵が働かないことだ。「ありのまま」が正直だ。

物が鏡に映る。映った影は正直でも不正直でもない。鏡が真に平らならば、映った影は正直だ。鏡の面に凹凸があれば、映った影と映された物とは違いがある。水に物の影が映る。その影は正直な影とも不正直な影とも言えない。動いている水に弓の影が映ると、その影は弓には見えず、蛇に見える。ごく静かにたたえられた水に弓の影が映ると、その影は弓だ。

人の心の鏡はいろいろな物を映す。もし正直に映ることができたら、実に結構なことである。だが、なかなか正直に映ることはできない。鏡には凹凸のあるものが多い。水は静かで平らかである場合は少ない。人の心の鏡も静かで平らかで、凹凸の「私《し》」がない場合は非常に少ない。

自分以外のものを正直に受け取ることさえ難しい。まして、自分が正直であることは、なおさら難しい。他人と自分との区別は、多くの人にとって寝ている間でも忘れにくいものである。すでに自他の区別がついているのに、どうして正直であり得よう。徹底して考えてみよ。正直者は昔からあったであろうか。

知恵が始まってくると、同時に不正直になりやすい。知恵が始まるというのは、言い換えれば自他の区別が起こるということである。

もし知恵がなければ、人はよほど正直だ。小さな子は成熟した男女より正直だ。老衰して知恵が衰えた者は割合に正直だ。刺激に満ちて日夜衝《つ》き動かされている都会の人より、刺激が乏しく衝動の少ない田舎の人のほうが割合に正直だ。

欲望の波が強く立っている人は正直でない場合が多い。生まれつき、ある歪《ゆが》みを持った人は正直ではいられない。嫉妬の強い人は不正直だ。気持ちがころころ変わる人は、どうも正直であり得ない。人に媚《こ》びる人は正直であり得ない。人より優れたいという念が強い人は、ずいぶん正直者でも、ある場合に不正直になる。

正直になるということは、難しいことの中でも特に難しいことだ。知恵を捨てきれれば、そのまま正直だ。しかし、知恵を捨てきることは、なかなかできない。

本当の大きな智慧《ちえ》に到達すれば、正直になるはずだ。しかし、本当の大きな智慧に到達するということは、なかなか難しい。

小さな知恵、ろくでもない知恵、中途半端な知恵は人を不正直にさせるものである。小さな知恵すらも、人は捨てることができないものである。ろくでもない知恵でも、捨てないのが人の常である。中途半端な知恵でも、それを愛惜《あいせき》（惜しんで大切にすること）しているのが人の常である。

正直はあらゆるものの源《みなもと》

真の勇気は正直の源《みなもと》である。正直は真の勇気の根《ね》である。真の勇気と正直とは、互いにその源となるものである。互いにその根となるものである。

小さな知恵、ろくでもない知恵、中途半端な知恵は、真の勇気と正直との間にあって、両者を阻害し枯渇《こかつ》させるものである。「正直を堅固に守ろう」と修行する者は少ない。「知恵たくましくありたい」と修行する者は多い。

知恵が至極《しごく》に達して、正直と助け合うようになることは、非凡の聖人ならいざ知らず、凡人には望みがたいことである。知恵たくましくあることを望むような心境では、たいてい正直になろうという希望も修行心も持っていないものである。

正直になろうという修行は、今の世では流行《はや》らないようだ。正直になろうという修行は、学問をして知識を吸収しようとすることとは別のことである。技芸を修行して優れた者になろうとすることとも別のことである。しかし、学問も技芸も、正直でなくては最高の境地に達することはない。

小さな知恵、ろくでもない知恵、中途半端な知恵はあまり価値のないものであるということを知らないのは不幸である。真の勇気と正直との関係を適切に知らないのは不幸である。大いなる智慧、すなわち真の到達した智慧と正直との関係を知らないのは不幸である。学問・芸術と正直との関係を適切に認め得ないのは不幸である。

幸福は正直によって得られる

曖昧《あいまい》とごまかしと私心とくそ意地。これらがない世界、すなわち正直の世界においてのみ、一切の真は成り立つのである。正直がなければ、真の善美の世界を望み見ることはできず、建立することもできない。

人は生まれつき気質の歪みというものを持っている。これを除かなければ正直にはなれない。人は自然に、私情《しじょう》の波で心を騒がせるものである。これを静める道を知らなければ正直になれない。

「俺は正直だ」と言う人がまれにいる。それは、その人が詐偽《さぎ》〔嘘偽り〕をしないことを誇るのだろうが、まだ正直者にはなりきっていない人である。「正直、正直」と言って、少しも自分を引き締める気持ちのない、また反省する念のない、あるいは克己《こっき》の念のない人などは、正直ではない。それは、むしろその人の気質の歪みである。「正直」を売り物にして己《おのれ》に克《か》とうと工夫しない人や、礼儀を重んずることをしないような人は、むしろ困り者である。

正直になる修行をしたならば、人はどれほど幸福を見出すか知れない。少なくとも心の中の幸福は、不正直によって得られるものではない。

「無遠慮《ぶえんりょ》」と「正直」を一緒にするような浅はかな考えで正直を見てはならない。正直は素直で純なものである。正直に似たもので不純なものを含んでいる、無遠慮だの傲慢《ごうまん》だの苛酷《かこく》だの偏狭《へんきょう》だの、その他いろいろな悪いものを、正直と呼ぶことはできない。

正直は非常に大きな徳である。天地の大徳《だいとく》を正直と言うのである。

⑤幸福を招く秘訣

幸・不幸の感じ方は人によって違う

幸福と不幸は、その人の心の中のものである。

その人が幸福を感じるときは、他人からは不幸のように思われても、その人は幸福であり、その人が不幸を感じるときには、他人からは幸福のように思われても、その人は不幸である。

子もなく妻もなく財産もなく、一定の住所もなく、漂泊流浪《ひょうはくるろう》の歳月を送るというのは、普通の人にはまず不幸と見なされるはずの境遇である。それでも松尾芭蕉翁《まつおばしょうおう》（注20）は、その境遇を強く嫌っていないばかりか、悠々自適《ゆうゆうじてき》に一日一日を楽しんでいたのである。

一国の王から尊敬されて宰相として招かれ、国政を任され高い給料をもらうというのは、他の人から見ると、幸運に遭遇したように見える。ところが、荘子《そうし》（注21）という人は、「そんな目に遭《あ》ったら、たまったものではない。珍重されて引っ張り出される亀のような身になるよりは、泥の中で尾を引きずり回している亀のように我が人生を送りたいものだ」と言ったという。荘子にとっては、国の宰相にされて高い給料をもらうなど、たいそう不幸なことだと思ったに違いない。

だから、幸福と不幸は主観的なものであって、環境そのもので幸福・不幸というものが決まるわけではないということは明らかである。

（注20）1644〜1694年。江戸前期の俳人。

（注21）紀元前367〜279年。中国、戦国時代の思想家。

誰もが幸福になる道はあるのか

しかし、幸・不幸が主観的なものだとしても、人の主観そのものも、たいてい決まっているものであって、特殊な人を除いて、どの人の主観も、それほど違いがあるものではない。普通の人が幸福と言ったり不幸と言ったりすることは、だいたい決まっていて、環境が平安で、希望が満たされる望みがあり、生活に必要なものが豊富に供給される場合を幸福と言い、そうでない場合を不幸と言うのだ。「幸福を招き、不幸から遠ざかろう」というのは、万人の必然的な欲望である。では、どうしたら幸福を招き、不幸から遠ざかることができるのかと言われると、自分などには、なかなかその道は見つけられない。

正直に申し上げれば、どんなに有智有徳《ゆうちゆうとく》〔智慧《ちえ》や徳を備えていること〕の人でも、聖賢《せいけん》と言われるような人でも、「こうすれば、きっと幸福が得られる」ということを保証して、その道を指し示すことは困難だろうと思われる。

なぜかと言うと、古来、聖賢や有智有徳の人でも、幸福を願い、不幸を願わなかったことは明白である。にもかかわらず、その人々が必ずしも幸福だけを得ていたわけでもなく、不幸に接せずに生きたとも思えないことは、歴史にも伝記にも明々白々な事実である。このことからも、幸福を招き不幸を避けるための決定的な方法はないということが明らかである。

聖賢や有智有徳の人が主観的に自分は幸福であると思われたことは疑いないが、そういう幸福以外には、「これが、誰でも必ず幸福を得る道である」とは示しにくいものだと思われる。まして平凡な普通の人々に、幸福を招き、不幸を避ける道を示すことなど、どうしてできようか。それは小学生に微分《びぶん》・積分《せきぶん》の計算が理解できないことよりも明らかなことである。

天命《てんめい》や天運《てんうん》は測《はか》りにくい

天運《てんうん》とか天命《てんめい》とか天意《てんい》とかいうものが、あるのかないのか。一つの議論ではあるが、仮に天運、天命、天意というものがあるとしたところで、それがどういうものであるかは、なかなか分からない。

「天を測《はか》るのに用いがたい、揣摩《しま》〔当《あ》て推量《ずいりょう》〕の心」（注22）という言葉がある。

「たぶんこうなるだろう」と思ったことでも、たいていはそうならない傾向があって、「今年は涼しいだろう」と思った夏が酷暑《こくしょ》だったり、「この秋は台風が吹きそうだ」と思っても、案外、二百十日《にひゃくとおか》や二百二十日《にひゃくはつか》（注23）も平穏だったりするようなものだ。「今まで不信心《ふしんじん》であったが、これからは神を信じ、神に頼るから幸福になるだろう」と思っても、あいにく不幸続きになったり、「これまで不勉強でよくなかったから今後は大いに勉強して好運をつかもう」と思っても、ちょうどその頃から健康が損なわれたりするというようなことも、世間に例が多い。

運命というようなものは、なかなか、「ああだろう、こうだろう」などと凡夫《ぼんぷ》が当て推量したようになるものではない。だからといって、占いだの神のお告《つ》げだの、呪詛《じゅそ》〔呪い〕や祈禱《きとう》でどうなるものでもないことは、誰もがすでに明白に知っていることである。

正直に言えば、いったい誰が「幸福を招く秘訣」という問題に対して満足な答えを出すことができるのか、非常に疑わしいことである。しかし、どれだけ考えてもわけが分からないからといって、「わけが分からないから無茶苦茶でもかまわない」ということにはならない。

わけが十分に分かりきらなくても、少しでもわけが分かれば、その分かっただけのところを拠《よ》り所《どころ》として、有理《ゆうり》〈道理があること〉と考えた道を取り、無理と考えた道を捨てるようにすることが、人間が持って生まれた本然《ほんぜん》の性質に従った正しさであることには違いない。

それならば、その少しなりと分かった道理に従うことが真実なのであるが、さて、我々にはどういうことが分かっているか。

（注22）「心情を揣摩《しま》して天真《てんしん》を思う」。勝海舟「失題《しつだい》」。

（注23）それぞれ立春から数えて210日目、220日目を指し、台風などの災害に備える時期とした。

「信《しん》」によってのみ人は導かれる

ここで、「信《しん》」ということが自然に我々を導く。

我ら凡人には実のところ、なかなか何も分からない。たとえば、真っ暗な夜の森の中を、どこに行ったらよいところへ出られるか、見えない目を見張り、おぼつかない足取り、手探りをしながら歩いているようなものが、我らがこの世の中に立って日々を過ごしている実際の世界ではなかろうか。こんなことを言うと、意気の盛んな方々は、「そんなことはない」と言われるかもしれないが、うぬぼれや慢心ややせ我慢や見栄《みえ》を捨てて、胸に手を当てて心静かに考えてほしい。

誰でも心の奥底では、威張れるものなど何一つないことを認めるだろう。もし少しでも分かったかのように思われることがあったら、それは我らが昔の有智有徳な人や聖賢から教わって、おぼろげながら、わずかに分かったものであるということは明らかである。

その分かり方が完全であるか不完全であるか、思い違いがあるかないかも不明ではあるが、何にせよ少しでも分かったような気がすることがあったら、それが自分の発明であったか、または、以前にどこかで誰かに教えられたことであったか、じっくりと念を入れて正直に調べていただきたい。たいていは、以前にどこかで誰かに教えられたことであったと気づくだろう。そして、知らず知らずにこれを認め、「信じている」ということに気づくであろう。

この「信」ということが我らを導くものであり、これよりほかに我らを導くものはない。なぜかと言えば、自分たちの分別や知恵では何も分からないでいるということを明白に知っているのだから。

「信」ということを厳密に論じるのは簡単なことではない。しかし、信じないわけにはいかないようにできている「内在的《ないざい》な約束」と、信じないではいられないように啓示《けいじ》された「自然の本来的な法律」とが呼応《こおう》し、融合《ゆうごう》するところから生じるもので、これを拒否することが許されていないものなのだ。

たとえば、この「信」が数に表れると、「五と五を合わせたら一〇である」ということである。この「信」が物に表れると、「火は燃え、水は潤《うるお》す」ということである。この「信」が人に表れると、「人は愛することを楽しみ、愛されることを楽しみ、すなわち、愛を生命としているものだ」ということだ。愛と言うと語弊《ごへい》があるが、「人はすなわち仁《じん》であり、仁はすなわち人である」ということである。暗い森林の中の夜道の悩みは「信」によってのみ破られるべきなのである。

しかし、「信」というものは信じられるべきものがあってこそ成り立つのであり、あてもなく信じるということはできない。そして、信じられるべきものは、たとえ、それが一つの体系に属して一貫するものがあるにせよ、その中心もあれば、門路《もんろ》〔入り口、入り口に入るための通路〕もある。

そこでまず第一に、その門路を得ることが大切であろう。聖賢の教えを信じ、その門路を得ることが、幸福を招き不幸から遠ざかる秘訣に違いない。

その秘訣を探り求めて、「謙虚の工夫」をすることが本当の意味での幸福を招くものであると教えられている。物が入った器《うつわ》には物が入る余地はない。慢心や自《じ》傲自足《ごうじそく》〔自負して自己満足すること〕には幸福は決して来ない。

自分が足りざるものであることを知り、智も徳も、勇気も才能も、勉強心も力量も、調整の工夫も応酬《おうしゅう》の態度も、一切の因縁《いんねん》も現存の物質も、何もかもみな足りないものであるということを知り、なおかつ、深くこのことを認め、足りないものを少しでも得て補おうとする誠意を時々刻々忘れないことを「謙虚の工夫」と言う。

この工夫こそ、真の意味での「幸福を招く門路」であり、その秘訣であると考えるべきである。「信」という明るいかがり火を、ここに見出すべきなのである。

⑥ 幸福を招き、不幸を避ける心を活用せよ

幸・不幸を気にかける心は自然なこと

人が世渡りにおいて何事かしようとするにあたって、「幸福を招き、不幸を避けよう」と願うのは、自然の情《じょう》というものである。深く考えたり、詳しく思慮した後で、幸福を招き不幸を避けようとするのではなく、なんとなく自然と幸福を招き不幸を避けようとするのである。これは人の自然な情と言っても、問題ないだろう。

真実を言えば、このような「幸福を招き、不幸を避ける情」があるのも、本当は人類の永い永い間の経験から、こういう心の動き方が、いつとなく親から子へ、子から孫へ、祖先以来、堆積《たいせき》に堆積して、今はほとんど先天的に誰にでもあるようになったのでもあろう。

今ではもう誰にでも、自然な情として、「幸福を招き、不幸を避けよう」と願う心は確かにある。みずからを偽って他人を欺くためか、自分を見失って気が狂った場合以外には、「幸福は招きたくない」と思ったり、「不幸を避ける必要はない」などと思うような人はいない。

言うまでもないが、人は単純に幸福を招いて不幸を避ければそれでよいというわけではない。時と場合によっては、「幸福を招くほどでもなく、不幸も避けるほどでもない」と思って、幸・不幸を超越した行動を取らなければならないことも多い。しかし、そういう特別な事情を別にすれば、世渡りで何事かしようとするとき、誰もが「幸福を招きたい、不幸を避けたい」と思うのは、すでにいかんともしがたい自然の情となっているのだ。

道学《どうがく》先生〔道徳にこだわり世事や人情にうとく、融通の利かない学者〕のような見方からすると、「その義を謀《はか》ってその利《り》を謀らず」と董仲舒《とうちゅうじょ》（注24）が言ったように、人はただ道理の本然《ほんぜん》に従って行動すべきであって、利害や幸・不幸などを問うべきものではないかもしれない。

へたに利害や幸・不幸を比較するよりも、ただ義と不義《ふぎ》、徳と無道《むどう》〔道理に外れていること〕に照らして考えて、すべての行動を取るほうが間違いのない正しいことであって、そのほうが結局は人に利を与え、幸福を得させることになるとも考えられる。

（注24）紀元前176頃～104年頃。中国、前漢の儒学者。

幸・不幸を考えるのは間違ったことではない

けれども、幸・不幸や利害に心を動かされずにはいられないのが、人の自然の情である。そこで、思慮が深遠で仁徳が広大な昔の聖人たちは、一概に幸・不幸や利害のことを言うのを止めたりせず、むしろ幸・不幸や利害を説いて、人が道に入り、道を知り、道を信じ、道に安《やす》んじるように導いておられる。易《えき》〔古代中国の占法《せんぽう》〕では、吉と凶を占って、利と不利を説いている。

幸・不幸や利害は、善悪や義・不義と無関係な、はっきりと区別された別のものではないことは言うまでもない。目前《もくぜん》の手近なところでは、別々のように思えることはあっても、突き詰めていくと結局は一致するものだ。

聖人にとっては、幸・不幸と善悪が別々に見えるようなことはおそらくない。「幸福はすなわち善」「善はすなわち幸福」「不幸はすなわち悪」「悪はすなわち不幸」とみなして、少しも疑うことなどはないのだろうから、「方便《ほうべん》のために仮に幸・不幸を示し、利・不利を説かれたものであろう」などと、浅薄な心で推察しないほうがよい。

「幸・不幸と善悪は別々のものでなくて、結局は一つのものである」ということは、ここで説くことは簡単ではないので、説明はやめておく。また、聖人たちが幸・不幸を示し、利・不利を説かれた本当の理由にまで立ち入って詳しく解き明かすのも簡単なことではないから、深く立ち入らない。ただ、「聖人たちも幸・不幸や利・不利を説き示されたことがある」ということだけを記憶してもらえればよい。

人が自然の情から幸・不幸や利・不利を考えることは、別に間違ったことでも卑劣《ひれつ》なことでもなく、聖人たちも、この「人の自然の情」に準じて幸・不幸や利・不利を説き示され、それによって人が道に入り、道を知り、道を信じ、道に安んじるように導き教えられてきたということを理解してもらえれば十分なのである。

幸福を招き、不幸を避ける心は、進歩心

この「幸福を招き、不幸を避けようとする自然の情」は、人にどういう功過《こうか》〔功績と過失〕を与えるかというと、一方では確かに功《こう》を与え、他方では確かに過《か》をも与える。

「過を与える」とはどういうことか。幸・不幸に心がとらわれてしまうと、人は幸福と信じた場合にはするべきではないことをわざわざするようになる。そして、不幸と考えた場合にはするべきことを決してしないようになる。

これは、「幸福と善は一致し、不幸と悪は一致する」ということを悟っていないために起こすあやまちである。普通、凡人には、時によって幸・不幸と善悪が相反するように思える場合があるので、このようなあやまちが生じることは避けられず、残念なことである。

また、「功を与える」とはどういうことか。「幸福を招きたい、不幸を避けたい」という気持ちがあるからこそ、多くの人は智慮《ちりょ》〔賢い考え〕を働かせ、志と体力を励まし、あえて苦労をしてまでも、向上の一路《いちろ》をたどる。

それによって、人は確実に智慮を増やし、意志を強固にし、勤勉という良き習慣を身につけて、向上の一路を一歩ずつ、ひたすらに進む。目の前で幸福をつかむまでには至らなくても、より良好な運命のほうに確実に歩んでいるのである。もちろん、すぐに幸福を得たり、不幸を避けることができることもある。

人類が出現して以来、この「幸福を招き、不幸を避けるという人類共通の情」の働きによって、実は、この世の中は進歩しているのである。進歩しつつあるのである。改良されているのである。改良されつつあるのである。今後、光り輝いて温かく、麗《うるわ》しい世界が実現するとすれば、この人間の共通の感情がそれをもたらすであろう。

「幸福を招き、不幸を避けようとする心」は、言い換えれば、「堕落を嫌って向上を願う心」である。つまり「向上心」である。

また、「野蛮愚昧《やばんぐまい》（愚かで道理に暗いこと）を脱して文明の美に至ろうとする心」である。すなわち「進歩心」である。

また、「困窮屈辱《こんきゅうくつじょく》から遠ざかって自由円満に達しようとする心」である。すなわち、「自由の真《しん》精神」である。

また、「虚妄《きょもう》や欺瞞《ぎまん》の境地から超越して、真実純粋の境地に安住しようとする心」だ。すなわち「証道入聖《しょうどうにっしょう》（悟りを開くこと）の大願《たいがん》に燃える意気」である。

目先の小さなことでうまいことをしよう、損失を逃れようというのも、幸福を招き不幸を避ける心には違いないが、そういう卑小《ひしょう》な了見《りょうけん》にとどめずに、幸福を招き不幸を避ける心を堂々と拡大すれば、それが人類が大昔から抱いてきた「理想」のすべてでなくて何であろう。人類が他の動物たちと違って特殊な発達をしてきた理由は実に、この心に基づいたためで、ほかに何に基づくものがあろうか。

神の定法《じょうほう》

この人間共通の感情には実に大きな功績がある。この心を、つまらないものであるかのように言う者がいたら、それは偏《かたよ》った見方に囚《とら》われた狭量《きょうりょう》な思想家だ。古来の聖賢や俊秀英偉《しゅんしゅうえいい》の人たちはみな、この人間共通の感情を抑圧しようなどとはせずに、この感情を成し遂げさせて、生きることを楽しむことができるように、大徳と英知《えいち》を発揮し尽くし、披瀝《ひれき》し尽くしてこられたのである。

穴に住めば、流れ込んでくる雨に悩まされる。木の上に住めば、烈風に苦しめられる。そこで家屋が作られ始めた。これは「不幸を避け、幸福を招いた」ことによる。他の動物の襲来に備えて生け垣が作られ、他の部族の攻撃に対して城壁ができ始めた。弓矢ができる。釣りが始まる。網ができる。果物類の採集器ができる。農業のために鋤《すき》ができる。馬や牛の使用が始まる。舟や筏《いかだ》ができる。契約を確実にするために割符《わりふ》（注25）ができる。記憶を消滅させないために縄を結んだり、木に印を刻んだり、ついには文字というものができる。

これらはすべて人類が「幸福を招き、不幸を避けよう」と願うことから生じたことで、今日の文明、および将来の文明も、みなその同じ思いから出て、また出つつあるのである。「幸福を招き、不幸を避ける思い」が、人類の進歩に貢献することの偉大さを認めない者はいないだろう。

人間世界は、幸福に招かれて、高度で明るい状態に近づき、不幸に追われて蒙《もう》昧《まい》から遠ざかりつつある。

神というものが、もし存在するならば、確かに神は「幸福」という旗で人を導き進ませ、「不幸」という鞭《むち》で人を追い立てているのだ。幸福を招き不幸を避ける情という、この人間共通の感情は、すなわち「神の定法《じょうほう》（決まっている法則）」なのである。

我らは、幸福を招き不幸を避けるのをやめることはできない。いや、幸福を招き不幸を避けることをやめてはならないのである。それが真実であるということを、人類の古来の歴史が証拠立てている。それが虚妄《きょもう》ではないことを、人類の現在の心が証拠立てているのだ。

（注25）木片などに文字を記し、証印《しょういん》を押して二つに割ったもの。当事者が一片ずつ持っておき、後日の証拠にした。

解説　幸田露伴の目の付けどころ

参考になる点が多い二宮尊徳の生き方

幸田露伴は、明治が始まる前年の一八六七（慶応三）年、ちょうど世の中が変わろうとする時期に生まれ合わせた人である。同年に夏目漱石も生まれている。

幼い頃、家庭の躾《しつけ》は厳しかった。朝は必ず神仏にお茶湯《ちゃとう》を上げたり、ご飯を供えたりすること、朝夕は雑巾がけをすること、復習してから遊ぶこと、ものを粗末にしないことなどを仕込まれたのは、自身の幸福になったという。

経済的事情のため、学校に通った期間は短かったが、一八八三（明治一六）年、電信修技学校に入り、やがて北海道の余市《よいち》に電信技手として赴任した。

ところが、一八八七（明治二〇）年八月、文学への思いを断ちがたかったのか、急に職務を放棄して東京に帰ってしまう。船で青森へ渡り、徒歩で東京を目指した。一カ月以上のつらい道中だったが、この旅を詠んだ句「里遠しいざ露《つゆ》と寝ん草まくら」が、露伴というペンネームのもとになった。

一年後の一八八八（明治二一）年に完成した小説「露団々《つゆだんだん》」が雑誌に連載されて評判となり、作家としてデビューしたのであった。小説家・随筆家・考証家として活躍し、文豪として歴史に名を留めている。

この露伴が、子供向けに書いた偉人伝が『二宮尊徳翁《おう》』（一八九一〔明治二四〕年、博文館刊「少年文学」第七篇）であり、二宮翁の人生がコンパクトにまとめられている。

ただ、史実そのものを書いたとばかりは言えない面もあるようだ。小田原藩の家老・服部十郎兵衛《はっとりじゅうろうべえ》の一〇〇〇両余りの借金を五年で完済し、三〇〇両の余剰をつくった話が出てくる。だが、四、五年で立ち直りの見当はついたものの、服部家がすっかり立ち直るには三〇年もかかったとも言われており、そちらが事実だとすると、史実どおりではない部分もあるかもしれない。だが、それは本質的なことではないと思われる。

本質的なこととは何か。たとえば、「日常の中にある平凡な材料を使って、良い結果を生み出す」ということだ。金次郎は少年時代、捨てられた苗を拾い、ほったらかしになっていた土地に植えて世話をし、収穫を得たことがある。捨て苗のような、ありふれた材料に、工夫と努力を加えることで違った結果を出すのが二宮尊徳の生き方である。

また、大人になった金次郎は、貧しい人には縄やわらじを作って駄賃を得ることを教えたり、女中さんには飯の炊き方を教えたりしたという。その際、薪《たきぎ》を三角形に配置すれば節約できるのだと教え、実際に節約できた分の薪を買い取ってあげた。ケチケチ生活を無理強いするのではなく、「努力すれば豊かになる」という考え方を、具体的な知恵とともに教えたのである。こういうところが、現代の私たちにとっても参考になると思う。

二宮尊徳とは生きている時代も環境も、性格も能力も違う私たちではあるけれども、二宮尊徳の「考え方」を読み取り、各人が自分の置かれた状況に当てはめてみることが重要なのだ。

二宮金次郎像にまつわるエピソード

さて、「二宮尊徳」では、ひたすら二宮翁の偉大さを説いた露伴だが、第一章に収録の「⑧補記《ほき》――『報徳記《ほうとくき》』および尊徳翁について」（原題「報徳記及び尊徳翁につきて」、雑誌「人道」一九〇五〈明治三八〉年一二月号）では、こんな趣旨のことも述べている。

「小説眼から二宮金次郎を小説として書くとすると、どうも、実際の尊徳翁を描くことは、ちょっとできない。なぜなら、あの貧困窮苦《きゅうく》の間に育ち、あの苛刻《かこく》残忍な伯父に養われた金次郎は、自然派や写実派の考え方から言うと、必ずや、ねじけきった悪少年となり、伯父の家に火でもつけて、燃え上がる火焔《かえん》を眺め、手を叩いてケラケラと大笑いする場面を出さないと、どうも一篇の小説にならないようだ」

これは実際、そのとおりだろう。けれども、重要なのは実際の金次郎が、そういう悪人にならなかったことだ。それどころか、人々を救ってやまない、偉大な人物に成長しているのだ。

その理由を露伴は、「強い信仰の一念」や、「人間以上の存在を信頼し、敬慕する」気持ちがあったからだと推定しているが、これまた、そのとおりであるに違いない。仏や神、聖人への正しい信仰や、立派な信念を持つことで、一見、絶望的に見える人生でも変えていける余地は十分にあり、努力によって未来は開けていくのだということを、金次郎は身をもって示してくれたのだ。

だから、「全国の小中学校に二宮金次郎像を復活させよう」という主張に、私も賛成だ。勤勉の精神を育むことになるからだ。

しかし、少し気になることがある。二〇一六年、栃木県日光市にある小学校で、座って本を読む二宮金次郎像が設置された。寄贈した団体によると、「『歩きスマホ』の危険性なども指摘されるなか、本を読み歩きしている立像ではなく座像にした」とのことである（二〇一六年三月二日付下野《しもつけ》新聞）。これには少し疑問を感じた。「薪を背負って本を読む金次郎像のどこがいけないのだろう。そんなに遠慮したり、自粛したりしなくたっていいのではないか」と感じた。

なぜなら、金次郎が手にしているものはスマホではないからだ。携帯端末を使って、ひまつぶしや井戸端会議レベルの情報を読みながら歩いているのではない。『大学』というような、人生の指針となる本を読んでいるのだ。「歩きスマホが危険」なら、交通安全教育で触れればいいし、金次郎像については、「自動車のない江戸時代のことだよ」と、時代背景を教師が説明すればいい。

それに、薪を背負って本を読む金次郎像は、二宮尊徳の生き方を、端的にみごとに表現している点も見逃せない。金次郎だって、できれば長時間座って本を読んでいたかっただろう。だが、厳しい環境がそれを許さなかった。普通ならば勉強などできないところを工夫して、薪を取りに行く、山への行き帰りの道中で本を読んだのである。金次郎は、臼《うす》で米をつくときにも、そばに本を置いて、杵《きね》を振り下ろしながら、その合間に少しずつ、本の文句を読んだとも言われている。

この「与えられた環境の中でなんとか工夫する精神」や、「同時並行処理の時間術」のようなものは、座ったままの像では伝わらない。

「子供が刃物を振り回すといけないから」と言って、教科書から刀を差したサムライの絵を削除するということにはならないように、教師がきちんと説明すれば済む話ではないだろうか。今後、全国で金次郎像が復活したとしても、「座って本を読む像」よりは、本書がイメージの原型となった、「薪を背負って本を読む像」のほうが断然いい。どうしてもだめなら、「米をつきながら、そばに本を置いた像」にするとか、やり方はあるはずだ。

また、「二宮尊徳」を読んでいて感じることとして、「税の取り過ぎは国を貧しくさせる」という事実がある。為政者が労なくしてお金を吸い上げ、無計画にどんどん使う。そして民が苦しむというのは、江戸時代だけの話ではないと思う。政治に携わる人は、「まず民を豊かにし、民が繁栄した結果、税収も増えてくる」という、二宮尊徳型の発想を学んでいただきたいものだ。

露伴は「二宮尊徳」（雑誌「学灯」一九〇三〔明治三六〕年五月臨時増刊号）という随筆で二宮尊徳関連の文献名を列挙しているが、その中の『二宮先生御説得《ごせっとく》聞書略《ききがきりゃく》』という書に書かれている、「金を貸すのに道がある。貸して向こうが助からないのは貸したほうの失敗。また、借りて立たないのは借りた人の失敗。これは貸して罪を得ることだ」という趣旨の言葉を、露伴は「平凡であるが面白い」と述べている。

お金を動かすには知恵が必要で、「その結果がどうなるか」については責任が生じる。「とにかく税を絞り取ろう、そしてばらまこう」としか考えない人が為政者であれば、失敗するしかない。

未来をお見通しだった？　幸田露伴

さて、露伴の話に戻ろう。

幸田露伴というと、古文・漢文の世界に沈潜《ちんせん》する大昔の人というイメージがなきにしもあらず、だろう。難しい漢語や仏教知識などを駆使した文章は、確かに現代人には厳しいところがある。しかし、内容は超一流なので、文体や字体が古くなり、難しいというイメージが定着することによって露伴のことが忘れられていくのは実に残念なことだ。そのため、本書では露伴の原文の意味を尊重しながら、できるだけ分かりやすく現代語訳したつもりである。

実際、幸田露伴という人物は、古くさい人ではなかった。なにしろ明治時代に電信技手になるような人である。電気は当時の最先端だった。露伴は、新しいものに大いに関心を持っていたのである。

あまり有名ではない作品で、『滑稽御手製未来記《こっけいおてせいみらいき》』というのがある。これは、勤労少年のための雑誌「実業少年」に一九一一（明治四四）年に連載されたもので、

『番茶会談《ばんちゃかいだん》』という題で現在でも読むことができる。この内容が一種の「予言書」のようになっているのだ。

内容を紹介しよう。

一人の老人がいた。貧しい学生などを非常に愛しており、種々の面白い談話を聞かせてくれるのだった。老人のもとに少年たちが集まって、未来社会についての予測を次々に語っていくという物語だ。この老人には露伴自身の姿が投影されているように思われる。

老人の語る未来は、たとえばこうだ。明治の今、電灯もあればガス灯もあり、江戸時代の行灯《あんどん》や八間《はちけん》（大形の吊り行灯）の時代は過ぎているのだから、遠慮して夜を使わずにいなくてもよいのだ。もしも、夜の一二時まで執務する「常灯銀行」というのができれば、「商業界は恐ろしい刺激を受けますよ」と。

「夜の活用」という意味で、今日のコンビニ業界などを先取りする発想だろう。

さらに、防犯についても述べている。すなわち、「自動発光装置」を仕掛けておき、悪者が、ある場所を踏むときにまぶしい電光が出る。そして、塀の節穴などと思うものの中に写真機があって、泥棒の顔がちゃんと写ってしまう。発光装置には警報ベルと電話が接続されていて、悪者が二、三町も行くと警察官が出てきてただちに捕まえる、という。

これは、現在の防犯用センサーライトや監視カメラ、機械警備と連動して警備員がかけつける警備会社のシステムを先取りしている。

交通機関については、鉄路は「単軌《たんき》（モノレール）」となり、東京—神戸間が四時間ぐらいになると述べている。現実の二〇世紀、モノレールではないが、開業当初の新幹線「ひかり」は、東京—新大阪間が四時間、二〇一六年の現在では、東京—新神戸間は新幹線「のぞみ」を使えば約二時間半である。『滑稽御手製未来記』が書かれた当時は、だいたい一二時間もかかっていたことを考えると、露伴は今日の鉄道の姿を言い当てていることになる。

露伴によると、鉄路はついに「無軌《むき》」となり、蒸気を用いるか何を用いるかは知らないが、レールのない鉄道になると言っているところも鋭い。この発想は、リニアモーターカーそのものである。

これだけでもすごいが、もっと突飛な未来予測も語っている。

それは、「無線電力輸送」、すなわち、ケーブルを用いずに電力を空中に発射し、それを受信するというアイデアだ。電力の無線輸送ができれば、山間僻地《へきち》の動力がみな活用されることになり、世界は「世界始まって以来の大変革」を起こすのだという。動力が非常に安く供給されることになるから、工業でも農業でも水陸の運輸でも何もかも非常に容易になるというのだ。

まだ実現してはいないが、アメリカは一九七〇年代、宇宙空間に巨大な太陽発電衛星を建設する研究を進めていた。地上三万六〇〇〇キロの静止軌道に置かれた発電衛星は、電力をマイクロ波に変換して地上に送るというアイデアだった。このアイデアは今も有効で、宇宙航空研究開発機構（ＪＡＸＡ）は、二〇一五年三月、電気を無線で飛ばす実験に成功している。これは、「宇宙太陽光発電」に不可欠の技術である。文部科学省の科学技術・学術政策研究所も、二〇三〇年代に「曇らない宇宙で太陽光発電し、地上に電気を送る」と予測している。

「無線電力輸送」の応用について、作中の老人は語る。もし、地上から空中に向かって電力の輸送ができるなら、飛行機も大きな力が出せることになる、と。飛行機に電力を外部から補給するということにまで露伴は言及しているのだ。

二〇一六年、理論物理学者のスティーブン・ホーキング博士らが、超小型探査機に地上からレーザーを照射することで、地球から四光年も離れたケンタウルス座アルファ星に、わずか二〇年で到達するという計画を発表したが、露伴の発想と基本的には同じである。

露伴は中学時代から数学を得意としており、理科系の感覚を持っていたことも、こうした未来予測に影響しているのだろう。『滑稽御手製未来記』には、電力の無線輸送について、アメリカの電気工学者ニコラ・テスラ（一八五六〜一九四三）の名にも言及している。

こうしてみると、幸田露伴は、夏目漱石と同じ年、江戸時代の終わりに生まれながら、二一世紀の今日《こんにち》の社会をも見通していたとも言えるわけで、古いどころか、今でも新しさを失わない人物なのである。

『滑稽御手製未来記』の中で露伴は次のような趣旨のことを述べている。私なりにまとめると、「未来は、箱の中に入っている貨物で、その箱のふたが時間の経過によって自然に開かれたときに現れて出てくるというのではない。未来は、まだ建てられず、まだ設計されない楼閣《ろうかく》のようなものだ。だから、諸君の未来は諸君のお手製次第、希望次第で、どのようにもなる」と。

その「お手製の未来」をつくるヒントが、本書第二章の随筆や評論に数多く盛られている。

たとえば、「①苦しいときは楽地《らくち》を見つけよ」（原題「楽地」、雑誌「向上」一九一二（大正元）年一一月号）。生きていくのは、誰しも大変で、苦しいこともある。しかし、「楽しいところ、楽しめるところを見出せたなら、どれほど困苦不快の中にあっても、人は必ず勇気を得て、苦中の苦に耐え忍び、やがて人の上に立つ人となることもあり得よう」と露伴は言う。不得意なこと、苦しいことをするときも、その中に、自分が得意なことや好きなことから得たものを持ち込めないか、考えてみるのもよいだろう。

「②苦境から逃げるな」（原題「苦境」、雑誌「向上」一九一三〔大正二〕年五月号）では、人の世を生きる者にとって、どうあっても逃れられない「苦境」について、その積極的意義を教えてくれている。

「③障害があっても努力し続けよ」（原題「努力の障礙《しょうげ》」、雑誌「実業之世界」一九一二〔大正元〕年一一月一日号）では、人が何かを成そうとするとき、必ず出てくる障礙（障害・さまたげ）について説いている。多くの障礙によってがんじがらめにされ、成功への意欲をなくしがちな私たちが、いかに戦えばよいのかを説く。さらに、「政治は整理」であり、「為政者は、世の人々の正当な努力の障礙となるものを排除せよ」という趣旨の主張も見逃せない。種々の規制や、理不尽な悪法を見つけて整理し、廃棄することは現代でも大いに必要であるはずだ。

「④正直者になれ」（原題「正直」、雑誌「実業之世界」一九二五〔大正一四〕年三月号）は、正直の徳について、箇条書きで述べた文章である。味わい深く、自分を振り返る手助けとなる。

「⑤幸福を招く秘訣」（原題「幸福を招致する秘機」、雑誌「現代」一九二七〔昭和二〕年一月号附録「新時代処世読本《しょせいどくほん》」）は、「どのようにして幸福を得るか」について、その秘密を解き明かした文章である。幸福を得るためのキーワードは「信」であり、幸福を招き寄せる「謙虚の工夫」を説いている。

最後に、「⑥幸福を招き、不幸を避ける心を活用せよ」（原題「就吉避凶《しゅうきちひきょう》の情《じょう》は天の定法《じょうほう》」、雑誌「実業之世界」一九二六〔大正一五〕年六月一日号）。すべての人に共通するものがあるとすれば、それは「幸福になりたい」という思いだろう。これが実は、人類社会の進歩の原動力なのだと露伴は述べている。

「お手製」の未来、あなたにとっての「黄金の未来」を考えるための参考書として、本書を存分にご活用いただきたい。

訳者　加賀　義

著者＝ 幸田 露伴（こうだ・ろはん）
1867～1947年。明治期の小説家、随筆家、考証家、俳人。江戸に生まれる。幼少時より和漢の書に親しみ、電信修技学校卒業後、電信技手として北海道に赴任するが、文学への思いがやみがたく帰京。1889年に『露団々』で文壇デビュー、『風流仏』『五重塔』などで作家としての地位を確立。理想主義文学の担い手として、写実主義の尾崎紅葉とともに「紅露時代」と呼ばれる時代を画した。1937年、第1回文化勲章を受章。後年、『運命』『芭蕉七部集』『努力論』『修省論』など、史伝、評釈、随筆においても新境地を開く。

訳者＝ 加賀 義（かが・ただし） 1968年生まれ。長崎大学教育学部卒。長崎県の高校の国語教師。エッセイ「景山民夫の預言～作家たちが透視した日本の未来～」が「幸福の科学ユートピア文学賞2007」にて入選、エッセイ「作文の初歩からプロデビューまで『心』をつかむ文章作法」が「幸福の科学ユートピア文学賞2018」にて審査員特別賞、エッセイ「雑談から講演まで『心』をつかむ話し方教室」が「幸福の科学ユートピア文学賞2020」にて入選。著書に『効果的に伝える文章技術』（はまの出版）、現代語訳書に福沢諭吉著『学問のすすめ』、平田篤胤著『江戸の霊界探訪録』（幸福の科学出版）がある。

二宮尊徳に学ぶ成功哲学

富を生む勤勉の精神

2016 年 12 月 15 日　初版第 1 刷
2021 年　5 月 14 日　　　第 2 刷

著　　者　幸田 露伴
現代語訳　加賀 義

発行者　佐藤 直史
発行所　幸福の科学出版株式会社
〒 107-0052　東京都港区赤坂 2 丁目 10 番 8 号
TEL（03）5573-7700
https://www.irhpress.co.jp/

印刷・製本　中央精版印刷株式会社

落丁・乱丁本はおとりかえいたします

ISBN978-4-86395-862-3 C0030

新・教養の大陸
BOOKS

「教養の大陸」シリーズ
発刊に際して

21世紀を迎えた現在にあっても、思想やイデオロギーに基づく世界の紛争は深刻化し、収まる気配を見せない。しかし我々は、歴史の風雪に耐え、時代や地域を超えて愛される真の古典においては、人類を結びつける普遍的な「真理」が示されていると信ずる。

その真理とは、光の天使ともいうべき歴史上の偉人、あるいはそれに準ずる人々が連綿と紡ぎだし、個人の人格を高め、国家を繁栄させ、文明を興隆させる力となるものである。

世間で一定の権威を認められている作品であっても、もしそれが人間の魂を高尚にせず、国家を没落させるものであれば、やがてその価値を剝奪され、古典ではなく歴史資料でしかなくなるだろう。

今、大切なことは、はるかに広がる学問の世界の大地、「教養の大陸」を認識することである。真理を含んだ古典は人をこの教養の大陸へと誘《いざな》う。我々は、この意味における真の古典を厳選し、それを人類の知的遺産・精神的遺産として正しく後世に遺し、未来を担う青少年をはじめ、日本国民の魂の向上に資するため、真なる教養書として、ここに「教養の大陸」シリーズを発刊する。

2009年10月